出雲のあやかしホテルに就職します⑩

硝子町玻璃

双葉文庫

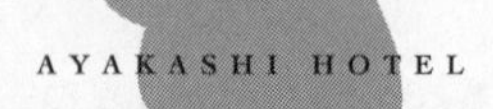

AYAKASHI HOTEL

出雲のあやかしホテルに就職します⑩

硝子町玻璃

双葉文庫

プロローグ

「えーと……次はこっちのチェックと……」

先月の経費が纏められた書類とにらめっこしながら、橘花慧は電卓を軽やかに叩いていた。

ホテル櫻葉に経理担当として勤めるようになってから、三週間が経とうとしていた。以前は幽霊ホテルとして悪い意味で名を馳せていたせいで客足が激減したらしいが、売上を見る限りではその問題も解決している。

金銭やその代わりになる物を持っていない、そんな妖怪たちも泊まれると聞き、どうやって食事代などをカバーしているのかと気になっていたが、どうやら多数の陰陽師が裏で動いているようだった。

人間が信仰している神や、高位の神も客としてやって来る。彼らを満足に喜ばせることの出来るこの場所は、かなり重宝されているようだ。

人間でなくても、金を持っていなくても、人間と同じようなもてなしを受けられるのは夢のような話である。

橘花慧ではなく、一人の神だった頃の記憶も未だに持っているおかげで、その気持ちはよく理解出来る。

「お仕事お疲れ様、橘花さん」

番茶を淹れてくれたのは、休憩中の櫻葉永遠子だった。

このホテルの創業者の孫娘で、妖怪、神の匂いを嗅ぐことが出来るのだとか。そのため

か、面接で顔を合わせた時も不思議そうに首を傾げていた。

神だった記憶が残る慧は、珍しい匂いがすると後から教えてくれた。

「ありがとうございます、櫻葉さん」

疲労が溜まった体を労わるため、一旦作業を中止して茶を啜る。

コーヒーや紅茶よりも、日本茶の方が好みの慧にとってありがたいチョイスだった。お

湯の温度もちょうどよく、胃の辺りがほんのりと温かくなる。

茶を啜っていると、永遠子がニコニコとこちらを見て笑っていた。

「あ、あの……何か?」

「ごめんなさい、やっぱり神様だったんだなぁって思って」

「?」

「ここで働き始めた人たちって、陰陽師の家の人でも結構戸惑いがちなのよ。本当に妖怪

も神様も泊まりに来るんだって。でも、あなたはあまり動じていないみたいだったから」

確かに多少驚きはしたが、むしろいいところだなという印象のほうが強かった気がする。

就職祝いに、妖怪の従業員からもらったお祝いの品。それらのインパクトが強すぎたせいもあるかもしれないが。

「でも、俺は裏方の人間ですから。あまりお客様と接する機会も多くないですし」

「確かにね。あの見初ちゃんですら最初は右往左往してたわ」

時町見初。慧がこのホテル櫻葉を知るきっかけとなり、永い間自分を蝕んでいた呪いを解くのを手伝ってくれた恩人の一人だ。もう一人の恩人である椿木冬緒と同じく、宿泊客の荷物を運びながら客室まで案内する仕事をしている。

フロント担当の永遠子やレストランのウエイトレス兼バーテンダーでもある海帆のように、客と接する機会の多い仕事と言えるかもしれない。

「だけど今はちょっとやそっとじゃ驚かなくなったわ。あの子とっても強いの」

「それは……何となく分かります。だってあの人、陰陽師の家の人じゃなかったんですよね？」

陰陽師とは無縁だった、ただ『そういうモノ』が見えるだけの一般人が突然この幽霊ホテルに。大変だったろうし、よく頑張ってきたなと尊敬の念すら抱く。

「……ええ、そうね」

一瞬、永遠子は複雑そうな顔をしてから、再び微笑んで相槌を打った。その表情の変化の意味が知りたいと思ったが、あまり踏み込むべきではないだろう。慧はそこで話を切り上げることにした。

「そういえば櫻葉さん、ホチキスの針を切らしちゃいまして……売店に買いに出かけても大丈夫ですか？」

「あらやだ、予備切らしちゃってるの？　あとで経費で落としていいから」

ホチキス針くらいで……と思うものの、経理担当がそんなことを言うわけにはいかない。永遠子に礼を言って後で買いに行くことにした。

売店までの道のりの途中、ロビーの前を通りすぎるのだが、ちょうど客がやって来たようで見初と冬緒が頭を下げているのが見えた。

人間か、妖怪か、神か。慧はドアの方向に視線を向けようとした。

ガシャン、ガシャン！

今の時代ではあまり聞き慣れない音を響かせてロビーの床を一歩一歩踏み締めているのは、赤い鎧を装備した武者だった。その全身からは黒い靄が漂っており、右手に赤く光る刀を握り締めていた。

討ち入り？　慧の足が止まった。

「いらっしゃいませ、お荷物を預からせていただいてもよろしいでしょうか？」

平然とした様子で見初がそう促すと、武者は刀の切っ先を彼女に向けた。「お前を殺す」のサインにしか慧には見えなかった。

「申し訳ありません、お客様。鞘（さや）もお預かりいたしますね」

見初は脇に差してある鞘を引き抜くと、そこに刀を納めた。やめろと言うように刀が激しく震えて抵抗しているようだが、力ずくで納めた。明らかに妖刀の類いなのだが、生者の怪力には勝てなかったらしい。

すると、武者を纏っていた黒い靄も綺麗さっぱり取り払われた。そこからの武者は素直だった。手渡された筆で宿泊カードを記入すると、代理でフロント担当を務めている冬緒の説明に何度も頷いている。

「それでは客室までご案内いたします」

そして、戦国時代の音を響かせながら見初の後についていく。

慧がその場に蹲（うずくま）ったのはその直後だった。それに気付いた冬緒が慌てて慧へ駆け寄る。

「た、橘花さんどうしました！　何か顔赤いんだけど……あ！　熱がある！　大丈夫ですか橘花さん⁉」

目の前の光景にショックを受けすぎた慧は知恵熱を出し、二日間寝込んだ。

ちなみに見初が武者から預かった妖刀は、冬緒と柳村（やなむら）によって清められ、チェックアウト時に返還されている。白銀に煌(きら)めく刀身へと生まれ変わった愛刀を見詰めていたかと思ったら、武者は涙を流しながら成仏していった。

第一話　遺された酒器

　かれこれ数十年会っていない友の顔を思い返そうとすると、いつも脳裏に浮かぶのは意地の悪そうな笑みを浮かべた顔だった。あんな人相をしておいて神というのだから、この世の中はどうかしている。

「まさかお前さんのような奴に惚れる物好きがいると思わなかった。どんな手を使ったんだ？　白状してみろ」

　伸びきった自身の顎髭を撫でつけながら友が笑う。別れの時だというのにいつもと変わりのない様子に、安堵とほんの少しの寂しさを抱く。

　悲しんでいるのは自分だけなのかと、開きかけた口をすぐに閉じる。馬鹿にされるのが関の山だ。

　それに自分たちはそんなことを言い合うような仲ではない。

「へっ、おめぇには教えてやらねぇよ。一生独り身で寂しくすごすんだな」

「言われんでもそうするさ。儂は独りですごすのが好きなんだ」

　これっぽっちも悔しがる素振りも見せず、土を捏ね続けている。これはそういう奴なのだ。他の神や妖怪とつるむ暇があれば、趣味を優先する。そんな変わり者だった。

「じゃあな、爺さん。もし俺が嫁さんに逃げられたら、この山に戻って来てやるよ。ま、そんな時は来ないだろうがな」

「おうおう、だったら次に会うのは三日後かもな」

人を小馬鹿にしたような顔で、泥だらけの手を振って見送られる。

再び会えるのはいつになるか分からないが、その頃にはもう少し大人しくなっているだろうか。

ああ、もっと早くそれを確かめるべきだった。

◆◆◆

何だかおかしい。絶対おかしい。

見初（みそめ）は預かった宿泊客の荷物を見て訝（いぶか）しげに眉を寄せた。

「ガハハハ！　俺の大事なブツだから丁寧に扱ってくれよな！」

「は、はい、かしこまりました」

豪快に笑う赤い肌の鬼に返事をしながら、手に持っている物を見下ろす。

木を加工して作ったと思われるシャベルのような道具。作ってからまだ日が浅いのか、仄（ほの）かに木の匂いがした。長年使ってきたものというわけでもなさそうだった。

それを隣で見ていた冬緒が「またか……」という顔をしている。

このようなへんてこな荷物を預かることは多々ある。河童ファミリーからは皿を預かり、雨神からは鰻やら鱧を預かった。

それなりに耐性のついている見初だったが、短期間のうちに同じものを何度も預かることになれば話は別である。

ここ数日妖怪と神の入りが多いのだが、シャベルの所持率が非常に高い。自作したものから、どこからか拾ったと思われるものまで。様々なシャベルを荷物として預かった。ベルガールではなく農具店の従業員に転職した気分である。

「よいしょ、よいしょ……」

「嬢ちゃん力自慢だねぇ。俺のダチは重くて持てねぇって言ってたのによ」

「あ、ありがとうございます……」

妖怪が持てなかった物を持ってしまった……？　と見初は内心ショックを受けた。鍛えられた筋肉はついに妖怪を超えてしまったらしい。

「こちらがお客様のお部屋でございます」

「ここで寝泊まりすんのか。思っていたより小さいな……けど、あの布団寝心地よさそうじゃねえか！」

鬼はベッドを指差して嬉しそうに言った。ふかふかのベッドは、普段自然の中で暮らしている彼らにとって極楽のようなものらしい。

食事を摂らず、ずっとベッドで眠るためだけに宿泊する客も少なくないのだ。彼らの気持ちは見初もよく分かる。特に冬のベッドは一度入ったら中々抜け出せない。

「では、何かございましたら、こちらにある電話という道具を……」

「お、おう、じゃあ今聞いてもいいか？」

「はい。どのようなご用件でしょうか？」

「……この宿には門限ってのはあんのか？　夜に外に出てみてぇんだけどよ」

急に小声になった鬼に見初も真剣な表情になる。よくある質問であり、結構大事なお話である。

「基本的に門限というものはございません。太陽が苦手で、夜に外出されるお客様もよくいらっしゃいますので」

「そうか。そりゃよかった」

鬼がほっとため息をつく。だが、ここからが本題だ。

「ただし、他のお客様のご迷惑になるような行為は絶対にお控えください。それを破られたお客様には……」

「……お客様には？」

ごくりと喉を鳴らす鬼に、見初が言葉を続ける。

「何かが起こります」

「へ？」

「お客様の身に何かが起こります……」

迷惑をかけないようにと注意しても守らない客は時々現れるのだ。

そんな時はホテル櫻葉の最終兵器が出撃する。

総支配人・柳村がニコニコ笑顔で「お時間よろしいでしょうか？」と近付き、客をどこかに連行するのだ。その後、客は変わり果てた姿で発見される……というわけではないが、ものすごく怯えた様子で帰還する。

人間であっても容赦はしない。

むしろ、手当たり次第妖怪を退治しようとする陰陽師もいるので、こっちの方が厄介な場合がある。冬緒曰く単なる思い込みで妖怪を祓えば祓うほど、実力が上がると思っている者もいるらしい。そんなことで客が祓われては困る。

そんな勘違い野郎がやって来ると、柳村のテンションも高くなる。青ざめた陰陽師を引き連れ、嬉々とした様子で薄暗い廊下の奥へ消えて行くのだ。

見初たちも、連行される瞬間を見るのは、ホラー映画を見ているようで怖い。なので、ルールをちゃんと守って欲しいと思っている。

見初のそんな思いが伝わったのか、鬼は緊張した面持ちで何度も頷いた。

「よく分からねえが、すげえ嫌な予感がするから肝に銘じておくぜ……それに俺は山に行くだけだからよ。他の奴らに迷惑はかけねえ」

「山……ですか？」

見初が目を丸くすると、大男はハッとした様子で自分の口を両手で押さえた。

「おっと、これ以上は何も言えねえな〜……ははは……」

明らかに何かを隠している。ぎこちなく口元を引き攣らせ、視線を泳がせる彼の反応に見初はふむ……と思案した。


その日の夕食時、話題に上がったのはやはりシャベルを持参した客たちについてだ。

「そのお客様も山に行くって仰っていたんです」

「やっぱりその妖怪もか……」

冬緒が渋い顔をしながら温かな味噌汁を啜る。寒さが増してきて汁物がいつも以上に美味しい時季の到来だ。

「お前がいない間に泊まりに来た客もシャベルを持参してて、夜に外出していいか確認してたんだ」

「じゃあ、その妖怪も山に……？」

「同じ山なのかは分からないけどな」

「何か怪しいですよねぇ……」

シャベルを持参し、夜に外出しようとしている。けれど、その理由は決して明かそうとしない。

きな臭さを感じているのは、見初と冬緒だけではないらしい。

「ぷぅ～～～～？」

干し草をもしゃもしゃと食べながら、白玉が目を細めていた。「事件の臭いがするぜ」という顔のつもりなのかもしれないが、口元に草のカスがついている。

「白玉も怪しんでますよ」

「でも思い当たる節がないんだよな……」

「人間だったら、夜に埋めちゃいけないものを埋めに行くのかな？　で解決出来るんですけどね」

「解決しちゃダメだろ。警察に通報して初めて解決だぞ」

しかし、最近刑事ドラマにハマっている見初には物騒な理由しか思いつかない。

二人と一匹が悩んでいると、「あら、その話？」と声をかける者がいた。

「やっぱり気になるわよねぇ」

先に食事を終えた櫻葉永遠子が小さく笑いながら、見初の隣に座った。その手には人参スティック。それを見た白玉が目を輝かせた。

「ぷぅぅぅ‼」

「ああっ、白玉刑事が心を奪われてしまった」

「白玉にとっては客が何しようとしているかより、人参の味のほうが大事だからな……」

「ぷぅぅぅ‼」

人参スティックを両前脚で持ち幸せそうに齧る姿からは、事件を解決しようとする意思が見られない。

白玉の頭を優しく撫でながら永遠子が周囲を見回す。

「……見初ちゃん、冬ちゃん、いい？　この話は他の人たちには絶対教えちゃダメよ。特に火々知さんには」

「火々知さんには？」

小声で話し始めた永遠子に、見初も声のトーンを小さくして聞いた。

「あのね、お客様の一人がちらっと話してくださったんだけど、お宝探しをしているそうよ」

「お宝って金銀財宝とかそういうやつなのか？」

刑事ドラマの雰囲気だったのが、急にわんぱく少年っぽさが混ざってきた。しかし冬緒は興味を持ったのか、やや早口になっている。宝探しは男のロマン。

「それがどういうものかまでは話してくれなかったわ。でも、もしかしたらお酒関連じゃないかしら」

「お酒ですか……？」

「宝探しのこと、火々知さんだけには絶対に言わないで欲しいって言われたの。それとシャベルを持って来たお客様……前にもうちに来てくださった方もいるんだけど、皆お酒が大好きなのよ。売店でお土産のお酒を買う方もいるくらい」

「酒好きで、宝のことを絶対に言わないで欲しい……」

「永遠子さんの推理当たっているかもしれないな……」

冬緒は元気を失くしていた。彼の頭の中はもっとスケールの大きなお宝を思い浮かべていたのだろう。あまり酒を好まない彼にしてみれば、酒かぁ……という感じなのかもしれない。

何だか可哀想になったので、見初は元気付けるために出来るだけ明るい声を出した。

「でも、お酒はお酒でもすごいお酒かもしれないじゃないですか！　例えば……アルコール度数二百％とか……」

「時町、そんなの飲んだら神でも即死する」

「でも、きっと飲むお客様はいそうですよ」

見初の予想に冬緒は硬い表情で頷いた。

何だったら火々知もワインであれば、「悔いなし！」と言って飲むだろう。彼ならやりかねない。

「妖怪も神様も色んな意味でお酒に弱いものね。例えば八岐大蛇（やまたのおろち）とか」

「それと酒呑童子（しゅてんどうじ）だな」

永遠子と冬緒が挙げた二体の妖怪。

彼らはどちらも酒で酔ったところを退治されたエピソードが残っている。

八岐大蛇の逸話に登場する酒は『八塩折（やしおり）の酒』と呼ばれていて、それをモチーフにした酒造りも行われており、島根（しまね）県にはその酒蔵があるのだ。

「お酒って怖いですねぇ……」

見初は苦笑しながら、達観した口調で呟（つぶや）いた。

誰もが恐れるような怪物も、アルコールの魅力には勝てないということだろうか。

八岐大蛇を退治した須佐之男命（すさのおのみこと）も、酒呑童子の首を斬り落とした源頼光（みなもとのよりみつ）も「酔ったところをパサッといこう作戦」が大成功して逆にびっくりしたかもしれない。

「とりあえず、お宝がお酒に関係することだったとしたら、それを飲んで暴れ回らないか心配かしら……」

永遠子の懸念に見初も冬緒も渋い表情で黙り込む。酔っ払いという名のモンスターたちがこの出雲（いずも）に解き放たれる。想像するだけで恐ろしい。

「ぷぅぅぅう！」

人参スティックを食べ終えた白玉も前脚で顔を押さえながら鳴いた。ムンクの『叫び』を彷彿させるポーズだ。

「し、暫く(しばら)は警戒を強めましょう……！」

出雲の平和は自分たちが守らなければならない。そう意気込む見初と、賛同するように頷く冬緒と永遠子＋白玉。

「…………」

「…………」

そんな彼らの様子を静かに見詰める四つの目がキラリと輝いた。

◆◆◆

深夜のホテル櫻葉からこっそり出て行く妖怪の姿があった。

その手には大きなシャベル。周囲をきょろきょろと見回し、誰もいないことを確認してから速足でどこかへ走り去っていく。

完全に不審者である。普通の人間には妖怪を見ることが出来ないのだが。

その後も妖怪や神がホテルを抜け出す光景が見られた。

「……よし、そろそろオイラたちも行こうよ」

「そうですな……」

駐車場に潜んでいた二匹の毛玉が彼らの後を追いかけ始める。

ホテル櫻葉の雑用係である風来と雷訪だ。

夕食時、見初たちの会話を盗み聞きしていた彼らには大きな野望があった。

どこかの山にあるらしいお宝を掘り当て、それをネットオークションで売り捌いて大富豪になるというものだった。

見初たちが知ったら絶対に阻止されそうな野望なのだが、今二匹を止める者は誰もいない。

「オイラたちもお酒はあんまり好きじゃないけど、そんなにすごいお酒なら売ったらすごく稼げそうだもんね……！」

「風来、本当にやるのですか？　見初様たちにばれたら一週間デザート抜きの刑に処されそうですが……」

「ばれないようにするから大丈夫だよ！　あとで冬緒にやり方教えてもらう！」

「教えてもらった時点でダメかと思いますぞ⁉」

突然ネットオークションをやりたいと言い出したら、勘繰られるに決まっている。そこからのお説教コースを脳裏に浮かべ、雷訪が高速で震え出した。

そんな相方を鼓舞するように風来が叫ぶ。

「でも一攫千金も夢じゃないよ！　いっぱいお金が入ったら油揚げも天ぷらも食べ放題！

白玉様にも高級人参いっぱいプレゼント出来るし、見初姐さんを焼肉屋に連れて行けるし！」

「何故、見初様を焼肉屋に……？　普通、すいーつばいきんぐなるお菓子食べ放題のお店とかでは？」

「見初姐さんこないだ、『風来……雷訪……焼肉バイキング……』って寝言言ってたって白玉様が教えてくれたよ」

「…………」

「だから焼肉屋でいっぱい美味しいお肉を食べさせれば、もうそんな夢を見ないで済むんじゃない？」

「よし！　行きますぞ、風来‼」

雷訪が迷いを断ち切った瞬間だった。

「皆、この山に登って行くね」

「宝の在り処はここで間違いないようですな……」

何の変哲もない山だが、客たちは吸い込まれるように足を踏み入れて行った。風来と雷訪も期待に胸を膨らませつつ、山へ入って行く。

「でも、こんなところにお酒なんて本当にあるのかな」

「まだ酒関連と決まったわけではありませんぞ。もしかしたら、冬緒様が言っていたような金銀財宝かもしれませんしな」

「そっちの方がオイラはいいなぁ～。もし見付けたら売る前に冬緒にも見せてあげよっか」

「何を言うのです、お馬鹿風来。冬緒様に見せたら計画が台無……」

そこで雷訪の言葉と動きが止まった。

「え……ど、どうしたの、雷訪」

「しっ、お黙りなさい。……何か聞こえませんか？」

声を小さくした雷訪にそう言われ、風来も瞼（まぶた）を閉じて耳を澄ませてみる。

すると、誰かの声が聞こえた。それから土を掘るような音。

「…………」

言いようのない不気味さを感じて、二匹は喉をごくりと鳴らした。

「い、行ってみますかな……？」

「うん……」

宝探しに来たはずなのに、肝試しをしているかのような緊張感が彼らを襲う。

今すぐ帰りたい。そんな気持ちになりつつあったが、ここまで来たら後には引けない。

半ばヤケクソ根性で音のする方向に足を進めると、木の根元で蹲（うずくま）る大きな影を見付けた。

「あっ、どうしたの？　どっか具合が……」

「風来！　その者に話しかけてはなりません！」

心配して駆け寄ろうとする風来を雷訪が止める。

「酒……酒……酒酒酒……日本一美味い酒は俺のもんだぁ……！」

影の正体は、体を丸めて一心不乱に木の根元を素手で掘り続ける妖怪だった。酒への並々ならぬ執着を感じさせる熱のこもった声に、風来と雷訪は恐怖で凍り付いた。話しかけようものなら、目をぎらつかせながら襲いかかって来そうなものである。

「何かオイラの思っていたお宝探しと違う……」

「ふ、風来……周りを見てごらんなさい」

雷訪が涙声になりながら風来に抱き着く。

風来と雷訪の周囲には他にも土を掘る酒好きたちの姿があった。

ある者は無言で延々とシャベルで掘り続け、ある者は熱燗片手にのんびりと作業を進めていた。

木の真下に埋められていると思っているのか、木を引っこ抜こうと頑張っている者もいる。

異様。その一言に尽きる。

「か、帰ろうよ、雷訪」

「そうですな……ねっとおーくしょんに頼らず、地道にお金を貯めましょう……」

この場にいるだけで怖い。

二匹はそっと立ち去ろうとするのだが。

「おっ、何だこのちまっこいの。妖怪か？」

後ろから声が聞こえたと思った途端、首根っこを掴んだ状態で持ち上げられた。

「「オギャーーーーッ‼」」

闇夜に響き渡る獣の情けない悲鳴。それに反応した穴掘り軍団が動きを止め、一斉に風来と雷訪を見た。

「「ヒギャァァァァ‼」」

その視線でも絶叫を上げる二匹。恐怖のあまり錯乱している獣どもは、背後から声がするのに気付いていない。

「落ち着け、別に取って食おうとしているわけじゃねえんだ」

「うわぁぁぁん、助けて見初姐さーん！」

「見知らぬ妖怪に食われるくらいなら見初様に食べられたほうがマシですぞー！」

「待て待て、狸と狐なんて食ったりしねえよ！」

どうやら声の主は危害を加えるつもりがないようだが、絶体絶命のピンチに陥っていると思い込んでいる二匹には通じていない。

そうこうしているうちに、他の妖怪たちも集まって来た。ただしこちらも迷子を心配する大人の顔をしている。

「おい、瀬埜。こいつらに何をしたのだ。怯えているではないか」

「俺はこいつらが掘ったままの穴に落ちそうになったから摘まみ上げただけだ！」

「うーん、この毛玉どもどっかで見たことがあるような……あ、思い出した！　こいつら『ほてる』で飼われてる妖怪だ！」

誰かの発言を皮切りに、他の妖怪と神からも声が上がる。

「あ、ほんとだ。こいつら風来と雷訪だっけか」

「もしかしたら、湖秋の酒器の件をどこかで知ったのかもな」

「瀬埜、その者たちをもう離したほうがよいのではないか？　このままでは泣きじゃくるばかりで、話をすることも出来ぬぞ……」

妖怪が熱燗片手に気の毒そうに言葉をかける。風来と雷訪は未だに泣き叫んでいる。

「食べるならせめて味付けは甘めにしてよ～～！」

「醤油は高いのを使ってください～～！」

「こやつら、味付けを要求しとるんじゃが……⁉」

死を目前にして、それでも譲れないものがある。せめて美味しく食べて欲しいという命懸けのサービス精神に、その場の者たちは息を呑んだ。

◆◆◆

「……落ち着いたか？」

「うん……」

「はい……」

十分後、山の奥にあった古びた小屋の前では風来と雷訪が正座していた。二匹の正面では、黒い羽織を肩にかけた妖怪が苦笑いを浮かべている。

妖怪の名は瀬埜。六十代程の人間に見えるが、よく見ると手足が獣のような形をしており、茶色い体毛に覆われている。彼の顔には皺だけではなく鋭い傷痕がいくつも刻まれていたが、よく見ると真新しい傷もあった。

錯乱した風来の猛攻によるものである。

「ごめんなさい、思い切り引っ掻いちゃった……」

「そんなにちまっこいくせにやるじゃねえか。人間たちに飼われてるって話だが、実は用心棒なのか？」

「わたくしたち、飼われているわけでも用心棒でもありませんぞ。れっきとした従業員でございます」

「じゅうぎょういん？　よく分からんが、人間の宿で手伝いをしてるってことだな」

がはは、と豪快に笑う瀬埜に、風来と雷訪は細かい説明を諦めた。まあ、それなりに合っているし。

「あの……お宝横取りしようとしたことも皆怒ってないの？」

風来が恐る恐る訊ねると、瀬埜は顎を擦りながら首を横に振った。

「ここにいる奴らは、みーんな自分が手に入れることしか考えてねえ。どいつもこいつも自分勝手なんだから、おめえらが申し訳なく思う必要はねえ」

「確かにそうですな……これだけいるのに協力する気配が全く見られません」

「敵ってわけでもないが、味方でもねえ。あんまり邪魔をすると、本当に捌かれて鍋の具にされちまうから気を付けるんだな」

「「ヒエッ」」

瀬埜からの物騒な忠告に、二匹の体が跳ね上がった。

「それに他の連中も、お前らと同じように湖秋の噂を聞いてやって来たクチだからな」

「こしゅー？」

「それはどなたですかな？」

初めて聞く名前に風来と雷訪は互いの顔を見合わせて首を傾げた。

その反応に瀬埜は「ん？」と怪訝そうに声を漏らした。

「おめえら、湖秋を知らねえでここまで来たってのか」

「え、うん。何かお酒に関係するお宝があるって聞いて来たんだけど……」

「……そんじゃあ教えてやる。湖秋ってのは、この山に暮らしていた神様だ。物作りが好きな変わり者で、この小屋も湖秋が自分で建てた」

「なんと……お一人で建てられたのですか」

小屋は土ぼこりで汚れてしまっているが、劣化しているようには見えない。今でも普通に住めそうだ。

「湖秋はそれなりに有名でな。奴が作っていた碗のおかげだ」

「碗？　模様がとっても綺麗だったとかで？」

「そういう技術に関しては人間の方が遥かに上だな。湖秋の碗には不思議な術がかけられていたんだ。どんなに不味い食い物でも、その碗に盛り付けると絶品になるってやつだ」

「ど、どんなに美味しくないものでも？」

風来の問いに、瀬埜は大きく首を縦に振った。

「どんなものでもだ。だから、碗をもらった奴らは後生大事にしているそうだ」

「えー！　いいなぁ！」

「素晴らしいですな！　ということはお宝とはもしや……」

「……どういうわけか、ある時から湖秋は碗作りをやめちまったらしい。それで暫くしてから寿命が訪れて消えちまったんだが、つい最近この小屋から奴の遺言書が見付かったたんだ。そこには最後に酒を飲むための酒器を作ったと書かれていてな。どれだけ不味い酒もそれに注げば美酒になるんだとよ」

道理で酒好きばかりが集まったわけである。永遠子の推理はドンピシャだった。

「酒器はこの山のどこかに埋めてあること以外何も分からねえ。だからこうやって虱潰しに探してるんだ」

「手がかりもないのに、探すの⁉」

「並外れた執念と根気が必要ですなぁ……」

ここに集まった妖怪や神は、それらを併せ持ったトレジャーハンターということだろう。

自分たちにはとてもじゃないが、ついていけない。風来が「帰ろうよ」と視線で訴えると、雷訪は「そうですな」と視線で返した。

「じゃあ、オイラたち帰るね～」

「あとは皆様でごゆっくりと……」

「まあ、待てや」

逃亡を図ろうとする二匹の尻尾を瀬埜が素早く掴んだ。

「せっかくだから酒器探しを手伝っちゃくれねえか？」

「優しい声で勧誘しようとしても無駄ですぞ！　碗が見付かったら、わたくしたちをポイッと捨てるつもりですな⁉」

「そうだそうだ！　オイラたちにタダ働きさせようったってそうはいかないぞ！」

「酒器が欲しいならおめえらにくれてやる。俺はあの爺さんが最後に作ったものが見たいだけだ」

風来と雷訪を真っ直ぐ見詰めたまま、瀬埜はそう言葉を発した。その場凌ぎの嘘をついているように見えない。

それに彼だけは他の者たちとは違い、酒への執心が感じられなかった。

酒器を探す方法はただ一つ。それは手当たり次第穴を掘ることだった。

闇雲に掘っていれば碗が出てくる可能性もある。皆、そんな一縷の望みを抱き、暗い山中で発掘作業を進める。

「……ぶぇーっくしょい！」

「うう、寒いなぁ……」

「酒を飲みすぎて体が冷えて来たのぅ……」

いつ雪が降ってもおかしくはない気温の中。しかも深夜とあって、寒さが身に沁みる。

平然とした様子で土を掘っているのは、風来と雷訪くらいだった。

「おめえら寒くねえのか」

両手を擦り合わせながら瀬埜が訊ねる。

「うん、このくらいなら平気だよ」

「わたくしたちにはこの自慢の毛皮がありますからな！」

風来と雷訪が自慢げに胸を張る。

「それ、あまり言い触らすのはやめとけ。防寒具欲しさに、他の奴らに皮剥がされるぞ」

「ヒェェ……もう言わないようにする……」

「だがまあ、おめえらに手を出せばほてるって宿に迷惑がかかるんだろ？　俺にはよく分からねえが、それを恐れている連中は多い」

怖がらせてしまったと思ったのか、優しい声で言ってから瀬埜は懐から一枚の葉っぱを取り出した。

風来と雷訪の顔と同じくらいの大きさをしたやつでの葉は、瀬埜が息を吹きかけると青白い光を帯びて少しだけ内側に丸まった。

地面に突き立てても形が崩れない。その葉っぱで足元の土を掘り始める。

「見事な術ですな」

「これでも昔は天狗として、この山で暮らしてたんだ。山で一番強いのは自分だって湖秋と大喧嘩したり、湖の魚を獲って串焼きにして食ったりしていたんだよ」

「瀬埜おじちゃん、どうしてこの山から離れちゃったの？」

「風の妖怪を嫁にしてな。色んなところを歩き回る性を持つモンと夫婦になったんだ。だったら、俺もその旅についていくしかねえさ」

カツンと葉に硬いものが当たる音がした。風来と雷訪がぴくんと耳を立てて、瀬埜が掘っていた穴を覗き込む。

しかし、そこに埋まっていたのはただの石ころだった。簡単には見付からないものである。獣二匹の落胆のため息が夜の空気に溶けていく。

瀬埜は見慣れているようで軽く笑ってから、作業を再開する。

「それからは手紙でやり取りをしていた。鳥に頼んで山に手紙を届けてもらってな。俺は旅で見たもの聞いたこと、カミさんとの惚気話。湖秋は山での出来事を書いていたんだが……ある時に途絶えちまった。よりにもよって俺が悩みを書いた時にだ」

「悩みって何だったの？」

「バッカ。んなもん、恥ずかしくて言えねえよ！　……だからよ、最初は俺に呆れて返事を寄越さねえだけだと思ってたんだ。そうしたら、湖秋は消えちまったって風の噂で聞いた」

瀬埜の声は淡々としている。だが、微かに震えが生じていた。

意図的に声に感情が宿らないようにしているのだ。悲しみを強く表に出してしまわないように。

「そんで暫くしたら、湖秋が最後に遺した酒器が存在するって聞いてな。カミさんと旅に出て以来、初めて山に戻って来たってわけよ」

「おや、湖秋様が亡くなった後もずっと帰られていなかったのですか？」

「俺が帰る時はカミさんに愛想を尽かされた時だって宣言していたからな。湖秋が消えたと聞いた時は信じられなくて、カミさんにも様子を見に行ったほうがいいんじゃないかって言われた」

「……それでも帰らなかったの？」

問いを投げかける風来の声には、寂しさが込められていた。それを聞いた瀬埜が風来の頭をわしわし撫で回した。

「戻らなかったんじゃねえ、戻れなかったんだ。誰も住んでいねえ小屋を見ちまったら、湖秋はもういないことを実感して……何だまあ、辛くなっちまうのが嫌だったんだよ」

また葉っぱが何かに当たった音がした。今度は碗の破片のようなものだった。

「ったく、あの爺さんは……失敗作を土の中に埋めてやがったな」

「ゴミはちゃんとゴミとして捨てなければいけませんぞ！」

「違いねえ。カミさんが見たら怒りそうだ」

「そういえば、瀬埜様の奥様はどうされたのです？」

「まさか……離婚⁉」

だから一人で穴を掘りに来たのかとショックを受ける二匹に、瀬埜が「ちげえよ！」と声を荒くする。

「カミさんも出雲の山の生まれでな。そっちに里帰りしてるよ。俺に『気が済むまで探してこい』って言い残してな」

「気が済むまでかぁ……」

いつまでかかるのか。周りからは「見付からねえ」「心が折れそう」「熱燗に釣られて酒器が土の中から出てくるかもしれない」と声が聞こえてくる。最後のは精神が蝕まれかけているので、一旦休憩したほうがいい。

風来と雷訪もくわぁ、と大きな欠伸をした。住所不定無職の妖怪や神と違い、昼間もしっかり働いている社会人である彼らに徹夜は応える。

「瀬埜おじちゃん、オイラたちちょっと休んでいい？」

「おう、休め休め」

「では失礼しますぞ〜……」

くっつき合ってすぐに寝息を立て始める二匹。

この後、彼らが目覚めることはなかった。

◆　◆　◆

「……というわけでこいつらを連れて来たんだけどよ、ここで合ってるか？」

「合ってます！　すごく合ってます……！」

「そいつらを送り届けてくれて本当にありがとうございます！　そして、すみませんでした！」

　翌日ホテル櫻葉の寮では、初対面の妖怪に謝り倒す見初と冬緒がいた。

　獣コンビがいないことに気付いた頃、ちょうど瀬埜が寮の玄関にやって来たのだ。爆睡している風来と雷訪を両脇に抱えて。

「あっちのほてるって宿には、人間もたくさん来るんだろ？　だったら、こっちだなって思ったんだ。こっちにはほてるで働く奴らが住んでいるって聞いたからよ」

「に、人間社会に対する理解度がすごい……！」

「人間の客の背中にしがみついて、ロビーに入って来る妖怪もいるのにな……」

　驚愕する見初と冬緒に獣たちを渡しながら瀬埜が笑う。

「俺は色んなところを歩き回ってるからな。やっちゃいけねえことくらいは弁えてるつもりだ」

「そうだったんですね。でも、どうして二匹が外に……？」

「あー……そいつらのことは怒らないでやってくれ。俺の手伝いをしてくれたんだ」

　見初の疑問に、瀬埜は苦笑気味に答えた。

「やっぱりお宝探しに行ったんだね……」

「ぷぅ……」

深夜の外出の理由を聞いた見初と白玉の反応は意外なものだった。目が覚めて見初の部屋だと気付いた瞬間、風来も雷訪も説教は避けられないと覚悟をした。

そこですべてを白状することになったのだが、見初はやや呆れた様子で笑みを浮かべ、白玉も一鳴きするだけだった。

「話を知ったら行くんじゃないかって思っていたから。あと、体に土いっぱいついてたし」

「そ、そうでしたか……」

「でも風来も雷訪もお酒大好きだっけ？」

「ううん。でも、ねっとおーくしょんで売れば高く売れるかなって」

「ネトオクで売る⁉　何でそんなこと思い付いちゃったの⁉」

可愛くて純粋だった妖怪が人間社会に触れ、どんどん穢れていく。彼らの野望を知った見初は大きなショックを受けた。

「だ、ダメだよ、そんなことしちゃ！」

「ぷぅ！　ぷぅぅぅ！」

「ちょっ、白玉先生ストップストップ！　クールダウン！」

マジ切れした白玉が風来に飛び蹴りを喰らわせ、長い耳で雷訪にビンタをした。

早朝から行われる暴力行為。見初が慌てて白玉を抱き上げた。

「悪いのは二匹じゃなくて、ネットオークションを生み出した私たち人間なんだから……！」

「ぷぅ！」

「ご、誤解ですぞ、白玉様……！」

「オイラたち確かにお金のために山に行ったけど、瀬埜おじちゃんのために穴掘りしてたんだ！」

白玉の怒りを鎮めなければ。風来と雷訪は瀬埜の話をした。

すると、ふがふが鼻息の荒かった白玉が次第に落ち着きを取り戻し始める。

「ぷぅぅぅ……」

二匹はほっと安堵した。

「じゃあ、あの妖怪が瀬埜さんなんだ……」

「多分瀬埜おじちゃんずっと探し続けると思うから、見付けてあげたいんだ」

「でも難易度高すぎない？　手がかりもなしに掘り当てるなんて、どのくらいかかるか分からないよ」

「そこなのです。わたくしたちも頭を悩ませていまして」

酒器は恐らく見付からなかったのだろう。そして、今夜も探しに行くのだ。瀬埜も、酒豪軍団も。

あまりにも無謀かつ計画性のないトレジャーハントに、見初は腕を組んで唸った。

「うーん……もう少しヒントがないと大変じゃない？」

「そう思い、遺言書を見付けて持っている妖怪に見せてもらいましたが、それらしいことは何一つ……」

湖秋を訪ねてやって来たそうなのだが、本人の姿はなく、遺言書が机の上に置かれていたらしい。随分と古びており、紙は黄ばみ、筆で書かれた文字も所々薄れていた。

ギリギリで読めるのは、酒器に関する記述のみだった。

酒器を隠した場所について詳細な説明がなされているようだったが、文字が薄れているのとそこから先が破れているのとで分からなくなっていた。発見した妖怪も、その部分を探したというのだが。

「ここは……禁じ手を使おうか」

「見初様？」

「お酒を美味しくするお碗なんでしょ？　だったら、お酒が大好きな人に聞いてみれば、何か知ってるかもしれないよ」

「「あ……」」

狸と狐の脳裏に、一人の人物が浮かぶ。しかし、問題があった。

「で、でも、あの人には絶対言っちゃダメって言われてるよ。いいのかな……」

「聞いたことを言わなきゃ大丈夫だよ」

「しかし、『酒器は吾輩の物だ！』って言い出さないか心配です……」

「山に埋まっているってことは内緒にするの。それに聞くと言っても湖秋様について何か知っているかを聞くだけだから」

宝探しには聞き込みも重要だ。新たにパーティーに加わった見初の行動力は高かった。

◆◆◆

そんなわけで見初たちが訪れたのは、ソムリエおじさんこと蛇妖怪火々知の部屋だった。

「む……？　湖秋だと……？」

「はい。その神様について何か知っていることがあれば教えて欲しいんです」

「今から五十年程前に消えた神のことなど、何故今更知りたがるのだ」

「え、えーと……湖秋様が作った碗は不思議な力があるって聞いて、興味を持ったんです。ね？　風来、雷訪」

見初に話を振られ、風来と雷訪はこくこくと頷いた。あまり喋りすぎると墓穴を掘りそうなので、二匹はなるべく静かでいることを決めていた。

だが、それがかえって怪しまれているようで、火々知は疑念の眼差しを向けた。

「お前たち、何か隠しているな……？」

「か、か、かっ、隠してないやい！」

「わたくしたちはただ純粋に！　純粋に知りたいだけですぞ！」

風来は上擦った声で反論して、雷訪は選挙の演説のように熱く語る。それがかえって疑心を倍増させる。火々知は怪訝そうに見初を睨んだが、「深く聞かないでください」というように表情で視線を返された。

これ以上の詮索は無駄と分かったのだろう。火々知は渋々口を開いた。

「数十年も前、湖秋とは何度か会ったことがある。奴の作る碗を求めたのだ。その碗には術が施されていてな、どんな料理も美味になる。酒には美味い肴が必要だろう？」

「えっ、じゃあ火々知さん、そのお碗持ってるんですか？」

「いや」

見初の質問に火々知は即答した。

「吾輩のように湖秋の下を訪れる者は多かったようでな。『またか』という顔をされてしまったのをよく覚えている。湖秋はちょうど碗を作っている最中で吾輩はそれを譲って欲しいと言ったのだが、聞き入れてくれなかった」

「火々知おじちゃん、碗を寄越さないと丸呑みするぞーって脅したんじゃないの〜?」

「ぷぅ〜?」

「そんなわけあるか! ……それに最後の碗作りだと湖秋は言っていた」

まさかそれがと、見初と雷訪は目を合わせながら同じことを思った。

「湖秋は次第に碗作りに嫌気が差したと言っていた」

「むむ、何故でしょう。何でも美味しくなる碗なんてすばらしい物を作るのが嫌になるとは……」

「吾輩もそう思った。碗を求める者たちは大勢いる。なので、湖秋に抗議をしてしまったのだ。そんな便利な物を作るのを止めてしまったら、多くの妖怪や神が悲しむことになるぞ、と」

「……湖秋様は何と答えたのですかな?」

「『料理を作る者たちへの冒涜(ぼうとく)をこれ以上は続けたくない』とだけ言っていた。当時の吾輩は碗が手に入らない苛立ちで、よく考えもせずに悪態をつきながら山を後にしたが……今なら湖秋が抱えていた葛藤を理解出来る」

「ど、どうして? オイラは分かんないよ」

「わたくしもです。何でも美味しくする碗があれば、どんなに不味い料理しか作れない方も、それを食べる側も幸せになれるのでは?」

風来と雷訪は首を傾げた。

だが、見初だけは深く頷いている。それを白玉が不思議そうに見上げていた。

「何となく湖秋様の気持ち分かるかもしれません……」

「見初姐さんどういうこと？」

「例えば桃山さんの料理が、そのお碗を使っているから美味しいんじゃないかって言われたら風来と雷訪は思う？」

「むがー⁉ そんなわけないじゃん！ 桃山おじちゃんの料理は元からとってもすっごく美味しいんだぞ⁉」

「風来の言う通りです！ 碗によるものだと勘違いするなど……許せませんぞ！」

獣たちが架空の相手に憤慨している。その光景を微笑ましく見詰めながら見初は話の続きをする。

「それに私も美味しい料理とかお菓子を作れるように頑張ってるけど、盛り付けるだけで美味しくなっちゃうのはちょっと虚しいな」

「あ、そっか。便利！ って思うけど、美味しくするために頑張ったことも関係なくなっちゃうんだ」

「そうですな。桃山様もあれほどの腕前になるまで相当な努力と時間をかけたはず……」

風来と雷訪は悲しげな顔をした。それでもいいなら美味しい料理にしたいと思う者もいるかもしれないし、それをよしとしない者もいるはずだ。恐らく桃山も碗を使おうだなんて思わない。

けれど、それも間違った考えではない。

「湖秋も思い悩んだだろう。奴の苦労を理解しようともせず、自分勝手な文句を言ったことを後悔している。その後、詫びに高いワインを持って再び山に行ったのだが既に……」

「湖秋様は消えてたんですね」

見初の言葉に、火々知の首がゆっくり振られる。

「それにワインは失敗だったな。奴は恐らく酒を好まぬのだろう。吾輩が来た時、酒臭いと顔を歪めていたと思い出した」

「へ～そうだったんですか……って、え？」

「む？　何か引っ掛かるか？」

「引っ掛かるというか……た、例えばの話なんですけど、どんなに美味しくない酒でもとっても美味しくなる酒器とかは……」

さりげなく見初が本題に入ろうとすると、火々知は苦虫を噛み潰したような顔をした。

「そんなもの作っていたら、とっくに奪い取っているわ」

「さっきまでしんみりしてたのに、どうしてそんな山賊みたいなことを言い出すんですか」

呆れてため息をつく見初。その横で、風来と雷訪はこそこそ話し合っていた。

「ねえ、何かおかしくない？」

「そうですな。湖秋様はお酒が好きではなかったとするのなら……」

何故、最後に酒器を作ったのか。手がかりを見付けるはずが、新たな謎が生まれてしまった。

◆◆◆

深夜、風来と雷訪が湖秋の山に向かうと、昨晩のような惨状が広がっていた。

酒器を探し求める妖怪や神たち。土を掘る音とぶつぶつと呟く声。そして、ほんのり香る酒の匂い。

見初は楽しそうだから自分も参加してみたいと言っていたが、こんな爛れた場所に彼女を連れてくるわけにはいかない。また白玉の怒りを買うこと間違いなしである。

目当ての人物を捜し回っていた二匹だったが、彼は切り株の付近を掘っていた。

「瀬埜おじちゃん！」

「何だ、おめえらか。まさか今夜も来るとは思わなかったな」

「調子はどうですかな？」

雷訪に聞かれ、瀬埜は先程掘り当てたであろう碗の欠片を見せ付けた。

「こんだけ大人数で探してんのに見付からねえとなると、湖秋の作り話かもしれねえなぁ……」

「「うっっっ」」

「ど、どうした、そんな気まずそうなツラしやがって……」

「……瀬埜おじちゃんは湖秋様がお酒嫌いなのは知ってる？」

作り話かも、とは山に来る途中で話していたことだった。酒目当ての者たちはともかく、友人の遺作を見たいと思い、この地に戻って来た瀬埜にとっては酷な話だ。

「湖秋が……？　ああ、確かに酒の話は一度もしたことがなかったな。もしかしたらそうかもしれねえ。俺も酒にはあんまりいい思い出はねえしよ」

「ほほぉ、瀬埜様はお酒がお嫌いですか」

「嫌いってより……ああ、おめえらにはわざわざ来てもらったんだ。いつまでも黙っているわけにはいかねえよな」

瀬埜はふー……と息を大きく吐いてから意を決したように顔を上げた。

「湖秋に送った最後の手紙に悩みを書いたって言ったろ？　その悩みってのはカミさんと喧嘩したんだが、仲直りするためにはどうしたらいいかって情けねえ話だったんだ」

「だから、あの時すぐに言わなかったのですな……」

「結局互いに謝って元の鞘に納まったんだけどよ、あんときゃ本当に随分参ったもんだった。やけ酒しようにも全然美味くねえし……そうだな。そんなもん書いたから湖秋も酒に逃げる俺に呆れて返事を寄越さなかったんだろうな」

「そ、そんなことないよ！　もしかしたら、湖秋様も瀬埜おじちゃんが美味しくやけ酒出来るように、お酒が美味しくなる酒器を作ってやろうかなって思ったかもしれないじゃん！」

励ますために叫ぶように言った風来だったが、途端驚いた表情をした雷訪に視線を向けられてびくっと震える。

「ふ、風来、あなた……」

「ご、ごめん、オイラの慰め方悪かった……？」

「そうではないですよ。湖秋様が酒器をお作りになる明確な理由がありましたぞ」

雷訪は瀬埜に目を向けた。

「瀬埜様のためです！」

「俺のため？　いやいや、あの爺さんがそんなこと考えるわけがねえ」

「でも、瀬埜おじちゃんって湖秋様の友達だったんでしょ？　友達が困ってたら助けたいって思うけどなぁ」

会話が聞こえてきたのだろう、他の穴掘り軍団も皆手を止め、近寄って来る。

「何だ何だ、瀬埜のために作ったたってほんとか！」

「だったらワシらが受け取るわけにはいかんのぅ……」

「おい待てよ。じゃあ、あの遺言書ってのは……」

誰かがそう言いかけた時、一人の妖怪がその場から逃げ出そうとした。

「待ちやがれ！」

「ぐぎゃっ」

硬質化した葉を瀬埜が放つと、それは頭部にクリーンヒットした。そして、掘られたままの穴へと転がり落ちていく。

皆が駆け寄ると、かなり深いようで底から妖怪が助けを求めている。

「た、助けてくれ……！」

「これは掘りすぎですな」

「あれ、あいつって湖秋様の遺言書持ってた妖怪だよ！」

風来の言葉に、穴を覗き込んでいた面々が「何？」と眉を顰める。

「おめえ……何か隠してやがんな？」

声を低くした瀬埜に、妖怪が視線を彷徨わせる。これでは肯定しているようなものだ。

「そいやっ！」

「ほっ！」

風来と雷訪が穴の中に飛び込み、妖怪の懐を探り出す。

「遺言書を渡せー！」

「もう一度それをよくお見せなさい！」

「うわっ！　こら、やめ……！」

妖怪が何とか止めさせようとするが小さな体に翻弄され、最後には奪い取られた。

ミッションを達成した二匹が妖怪の頭を踏み台にして、地中から脱出する。

「遺言書ゲット！」

「やりましたぞ！」

彼らの手には古びた紙が握られていた。……それぞれ持っている。

「あれ？　何で雷訪も持ってんの？」

「おかしいですなぁ……」

持参して来た懐中電灯で紙を照らしてみる。

風来が持っていた紙は昨日も見せてもらった内容だった。だが、雷訪の方には同じ筆跡で別の文章が書かれていた。

「これって……もしかして遺言書の続きじゃない？　ほら、どっちも端が破れてるけど、重ねたらぴったり合うよ！」

「てめえ……どういうこった ぁ？　俺たちにはこんなもん見せなかったよなぁ？」

瀬埜が穴の中を睨み付ける。他の妖怪や神も剣呑な面持ちだ。

このままだと助けてもらえない。そう悟ったのか、妖怪は白状し始めた。

「そ、そのままだと誰かに宛てた手紙だってバレると思ったから、途中で破ったんだ。碗がそいつのために作られたもんだって知られたら、そいつに譲ろうって話になるだろうと思って……」

「当たり前じゃろうが‼」

妖怪の一人が怒鳴り声を上げた。

しかし、瀬埜は怒りをぶつけるどころではなかった。急いで雷訪が持つ紙に目を通し始める。

「誰かに宛てた手紙だと？　それじゃあ、こいつは……」

「よ、読める部分だけ風来の文と合わせて読み上げていきますぞ。……『つまらん理由で言い争いをして嫁さんに逃げられただと？　そんなお前に……を作ってやったぞ。ついでに……の好物を……儂が作った……不味い酒でも極上の味に……この山に……待っているぞ……取りに……』」

雷訪が全文を読み上げた途端、その場にいた者たちは怒りの矛先を穴の中へと向けた。

「やっぱり瀬埜おじちゃん宛てのお手紙じゃないかー！」

「人様の手紙を破くなんてお前は何を考えているんだ！」

「わ、悪かったって思ってるよ！　本当のことを言った方がいいかもって悩んだけど、ここまで大勢集まったから言いづらくなって……」

「その割には張り切って穴を掘っておったではないか！　瀬埜、おぬしも何か言ってやれ‼」

雷訪から手紙を受け取った瀬埜は、その呼びかけに首を横に振った。

「や、もういい。そいつを許してやれ」

「よいのですかな？」

「湖秋が消えたと知った時、すぐに山に帰らなかった俺が悪い。俺がもっと早く小屋を訪れていたら、手紙を見付けることが出来たんだ……」

歓喜、悲哀、後悔。それらが混じり合った笑みを浮かべ、瀬埜は届くことのなかった手紙に何度も目を通す。震えた指で薄れた文字をなぞる。

「何でぇ……最期まで生意気な爺さんだったんじゃねえか。全く、書くだけ書いて鳥に渡す前に消えちまったってことかよ」

「ですが、文字が掠（かす）れているせいで、結局酒器がどこに埋まっているのか分かりませんな……」

「ねえ、この好物って、誰の好物なのかな？　誰かの名前が書いてあったんだよね？」

「そうだな……こりゃあ、恐らく俺のカミさんの名前っぽいな」

目を凝らしながら瀬埜が言う。

「カミさんの好きなもんは魚の塩焼きでな。この先にある湖に住んでいる魚は、泥臭くなくて最高だって褒めてたんだ」

その言葉に誰かの腹の音が鳴った。それに呼応するように次々と上がる空腹を訴える音。

瀬埜からも鳴った。

「……お腹空いたな」

「うん……」

「そうですな……」

「小屋には塩がたくさんあったはずだ。海神から譲ってもらったやつがな。それがまだ食えるようだったら使わせてもらうか」

「よいのですか？」

「湖秋も許してくれるだろ」

にっと笑って瀬埜は小屋の中に入って行った。

これ使うと明るくなるよ、と風来から借りた懐中電灯という道具。先端から放たれる白い光で照らされた内部は酷い有様だった。

手紙を見付けたあの妖怪の仕業か、それとも他の誰かがやったのか、物色した跡が残されている。箪笥(たんす)は開けっぱなしになっており、中身は床に投げ捨てられていた。紙やら塗料やらが散乱しており、湖秋本人が見たら憤慨しそうだ。

塩は屋根裏に隠していると湖秋が言っていた。そこを探してみると、大きい壺を発見した瀬埜は安堵した。荒らした犯人はどうやら屋根裏を漁(あさ)ることは思い付かなかったようだ。

「……ん？」

壺を抱えて床に着地すると、足元に散らばっている紙が手紙だと気付いた。

湖秋が誰かに向けて書いたわけではない。どれも誰かが湖秋に送った手紙だ。紙に書かれた力強く、けれどお世辞でも上手いとは言えない文字にはよく見覚えがあった。

その一枚を拾い、瀬埜は苦い笑みを零(こぼ)した。

そこには嫁に逃げられそうだと嘆く男の言葉がつらつらと綴(つづ)られていた。こんな情けない文章を読み、きっと湖秋は意地の悪い笑みを浮かべたに違いない。あの神にはそういうところがあった。

なのに、捨てずに大事に取っていたのだ。

「うわーっ！　すごく綺麗な湖だ！」

山の奥に広がる湖に感嘆の声を上げたのは風来だけではなかった。

夜でも分かるくらいに澄んでおり、臭みも全くせず、清らかな水の匂いがする。

水面には半分ほど齧られたような形をした月が浮かぶ。それは風が吹くと、微かな水音を立てて揺らめいた。

「これは素晴らしいですぞ。確かにここで獲れた魚はさぞや美味でしょうな！」

「オイラ獲って来るー！」

「あっ、お馬鹿！　お待ちなさ……」

雷訪が止める間もなかった。頭の中が魚でいっぱいになった風来は勢いよく湖の中に飛び込んだ。

寒さが厳しくなり始めた時季、しかも真夜中である。すぐに悲鳴を上げながら水面から顔と前脚を出した。

「た、た、助けてぇぇぇ！　寒くて死んじゃうよぉぉぉ‼」

「ほてるの狸が凍え死んじまうぞ！　誰か火を起こしてやれ！」

「ほれ、早く岸に上がるんじゃ！」

魚を獲るどころではない。どうにか岸に辿り着いた風来は濡れ雑巾と化していた。

「さ、寒かったよ～」

「お馬鹿風来！　こんな季節に水に飛び込むとは……」

「それならどうやって魚獲るのさ⁉」

焚き火に当たりながら風来が頬を膨らませる。すると、瀬埜がやつでの葉を持ち、湖に向かって数回仰いだ。

一瞬だけ湖が光ったかと思うと、水面が大きく揺らぎ出した。水の中から魚が飛び出し、瀬埜の足元に打ち上げられていく。

「おおっ、これはすごいですぞ！　魚が次々と……おや？」

魚に交じって四角い物体が水面から浮き上がった。どうやら木箱のようだが、水を吸うどころか金属のように弾いている。

それを見て瀬埜は息を呑んだ。

「あれは……湖秋が作ったもんか？　奴の霊力を感じる……」

「じゃあ、あの中に酒器が入ってるのかな？」

「おう……」

箱を手にした瀬埜に、その場にいた全員の視線が集まる。

「この中に湖秋最後の作品が……うぅっ、想像したら涎が出てきそうだ」

「これ！　これは瀬埜の物じゃぞ」

「分かってるけど、気になるだろ！」

「酒！　ちょっくら酒持って来る！」

外野がざわついているが、瀬埜は静かに箱を見詰めたままだった。

そして、ゆっくりと蓋を開く。

「こりゃあ……」

そこに納められていたのは、二つの酒器だった。片方にはやつでの葉が、もう片方には桃の花が描かれている。

美しい意匠に感嘆の吐息を漏らす者もいたが、数人は訝しげに首を捻った。

「何の術もかけられてないように思えるんだが……」

「見た目はよくても、ただの酒器じゃないか！」

「これは本当に湖秋が作ったものなのか？　別の誰かが作って湖に沈めただけじゃ……」

「いや……湖秋が作ったもので間違いねえ」

疑いの声が上がる中、瀬埜が静かに言葉を放った。

「俺のカミさんの名前がな、桃(もも)っていうんだ」

「なるほど、これは夫婦用の酒器というわけですな」

「ああ。カミさんの好きなもんを肴にして、これで酒を飲めってこったろ。そうすりゃ仲直りも出来るし、不味かった酒も美味くなって一石二鳥なわけだ」

酒器に描かれたやつでの葉に一滴の雫(しずく)が零れ落ちる。

「すまねえ、湖秋。受け取るのが随分遅れちまったなぁ」

瀬埜は大粒の涙を流しながら穏やかな表情で笑っていた。

◆　◆　◆

「それじゃあ湖秋様は、最初から瀬埜さん以外に碗が渡らないようにそんなところに隠してたんだね」

翌朝、風来と雷訪から話を聞いた見初は、土まみれの二匹を浴室で丸洗いしながら言った。

「道理でいくら穴掘っても見付からないわけだよ～。あっ、痛いよ見初姐さん！　力強いって！」

「だって風来汚れてるだけじゃなくて、雑巾みたいな臭いするからしっかり洗わないと……」

「多分湖に飛び込んだせいですなぁ……」

「雷訪も変な虫の死骸くっついてたからね」

動物用のシャンプーで泡だらけになった二匹に、見初が大きくため息をつく。明け方、「ただいまー」と寮に戻って来た獣たちをすぐに浴室に放り込んだのだ。

白玉は「ぷっぷ‼」と鳴いて見初のベッドの中に避難した。多分、謎の雑巾臭に耐えられなかったのだ。

「でも結局、湖秋様の手紙は所々読めないんでしょ？　そういうのを直せるような妖怪とか神様っていないのかなぁ」

「もしかしたらホテルにそういうお客様が来るかもって言ったんだけど、瀬埜おじちゃんは『これ以上誰かの手を加えられるのは、湖秋も嫌がるだろ』って」

「……そっか」

「ですが、湖秋様の思いは瀬埜様にちゃんと伝わったと思いますぞ」

自分で体を洗いながら言う雷訪の言葉に、見初と風来は顔を見合わせて小さく笑った。

「まったく、色んな連中が来るとは思っていたが、本当に厄介なもんだ……」

碗を渡さないのなら、山を焼き尽くすと喚(わめ)いたのでこちらも本気で追い払わせてもらった。目いっぱい恐怖を植え付けてやったのだ。二度とこの地を訪れまい。

先日はなんと蛇の妖怪まで押しかけて来た。奴は捨て台詞(ぜりふ)を吐いて去って行ったが、それでも他の奴らよりは楽な相手だった。

碗を寄越せと襲いかかって来る者や、碗をもらうまでは帰らないと山に居座ろうとする面倒臭い輩もいるのだ。言いたいことだけ言って、とっとと帰ってくれたほうが助かる。

「うむ……」

体が思うように動かず、手足が透け始めている。自分にはもうあまり時間がないのだ。間もなく消える。

思い残すことはない。作り終えた酒器も隠しておいた。友だけが見付けられるような場所に。

「さて、急いで手紙を書くか……」

既にろくに力の入らない手で筆を握る。

――つまらん理由で言い争いをして嫁さんに逃げられただと？ そんなお前さんにとっておきの酒器を作ってやったぞ。ついでに桃さんの好物も獲っていけ。儂が作った酒器に注げば不味い酒でも極上の味に早変わりだ。恐らく、お前さんがこの山に帰ってくる頃、儂はもう消えている。だからお前さんの情けない面（つら）を見られないことだけが残念だ。だがまあ、待っているぞ。桃さんに逃げられないうちにとっとと取りに――。

カランと、筆が机の上に転がり落ちる。

そして、最後の一文が綴られることはなかった。

第二話　狼と鳥

我々はいつからこうなってしまったのだろう。暗い森の中を必死に走り続けながら、そんなことを考えてみる。

そうしなければ、自分が今置かれている状況に頭が真っ白になり、恐怖で足が止まりそうだから。

気配を探ってみるが、敵意や殺意は感じられない。どうやら奴らの縄張りを抜けられたようだと安堵する。

戦うのが怖い。消えたくない。仲間が傷付くところを見たくない。

族長はそんなことを発言するのも許してくれなかった。

こうやって逃げている時点で自分に未来などない。救いの手なんて誰も差し伸べてはくれない。

敵に見付かったら問答無用に攻撃されるだろうし、同族に見付かっても命令に背いたとして制裁を加えられる。

お願いだ。誰か、誰か……。

「助けて……」

か細い声だった。思わず立ち止まって耳を澄ませると、また「助けて」と声が聞こえた。

自分と同じように逃げ出した者がいるのかもしれない。そう思うと希望が芽生え、頬が緩んだ。二人で逃げれば何とかなるかもしれない。

声がした方向に向かってみると、茂みの中で小さな体を丸めている姿が見えた。

声の主は小さな子供だった。それだけならまだいい。その背中からは鳥類の翼が生えているが、片方はもがれて付け根から血が流れている。

天はまだ自分を見放していなかったのだと、歓喜で口元が吊り上がった。

『向こう』の種族の子供だった。恐怖で体を震わせており、飛ぶことも出来なそうだ。

これを捕まえて里に持ち帰れば、成果を挙げたことになる。逃げ出した臆病者だと咎められもしない。

運が良かった。抵抗されないように、もう少し痛めつけておこう。そう思い、両手を伸ばす。

「お姉ちゃん……助けて……」

けれど、子供が助けを求めている相手が自分だと気付いた瞬間、何故か体は動きを止めてしまっていた。

◆◆◆

　今年もこの時季がやって来た。

　何がやって来たって毎年神在月に開催される出雲大社での大会議、神議である。大社に祀られている縁結びの神・大国主大神をリーダーとして、人々の縁について話し合いが行われるのだ。

　それを終えた神々を招き、彼らを労わるためにご馳走を振舞う。ホテル櫻葉にとっても年一番の大イベントだった。

　そして、今年も従業員たちはもうすぐ訪れる神々のために準備に勤しんでいた。

「え？　これがその準備なのか？」

　きょとんとしているのは、今年初めて神在月を体験する慧だった。毎年かくし芸大会や夜祭といった、彼らを楽しませるための催しを行うと聞かされていたのだが。

「弁当の用意が……出来た……」

「永遠子さん、弁当はここに積んでおけばいいかな」

「ありがとう、桃山さん、天樹君。あ、あと汁物は直前に盛り付けたほうがいいわね」

「オッサン、饅頭セットはこっちだってさ」

「そんなこと小娘なんぞにわざわざ言われなくても分かる！」

　たくさんの長机を用意し、そこに出来立ての弁当や饅頭が入ったパックを並べていく。

　携帯式コンロの上に置かれた大鍋の中身は甘酒や善哉だ。煮詰めすぎないよう、とろ火で熱を保ち続けている。

弁当は具だくさんで、二段。饅頭も一パックにつき四個も入っていて味もそれぞれ異なる。

これが無料で提供されることを考えると破格のサービスのように思えるが、何か大がかりなパーティーを準備している気配はない。

去年、一昨年の話を聞いたあとだと、若干のランクダウンを感じる。経営難からは脱却できたはずなのに……と首を傾げる慧の疑問に答えたのは見初だった。

「何だか今年の神議がすごく大変なことになっちゃったみたいで」

「た、大変なこと？」

「よく分からないんですけど、会議をしている最中、様子を見に行ってくれた風来と雷訪がお手紙を預かって来てくれたんです。私たちには何て書いてあるのか読めなかったんですけど、二匹曰く『今年の催しを中止してくれ』って書かれていたみたいでして」

「何でそんなことになったんだい？」

「さあ……理由までは書いてなかったみたいなんですけど」

見初は苦笑した。手紙には他にも「人間を見守るべき神がこんなことで申し訳ない」「人間たちに示しがつかない」「話が全然進まなくてキレそう」等の文章が長々と綴られていたらしい。会議の進行が遅くて苛立つサラリーマンのような愚痴も混じっていた。

とまあ、色々アクシデントがあったようで、会議が非常に長引いているから中止にしてくれという話だ。

だったら尚更労わってあげたいのだが、ホテルでゆっくりする暇もないらしい。

タイトなスケジュールに縛られているのは人間も神も同じだった。厳しい世の中である。

そこでホテル櫻葉はせめてお土産だけでも……と弁当や饅頭、冷えた体を温めるための甘酒と善哉を用意することにした。

その旨を返信の手紙に記して送っており、了承も得ている。

海帆や火々知は酒を出したいと意見を出していたのだが、「主神から全員禁酒の命令が出されたからお酒は要らないです」とまたまた大社から手紙が届いた。

だが、甘酒は酒ではないと主張したら許可してくれたと、その後に綴られていた。

やけに力強く書かれている文章があるなと思っていたが、ちょうどそこのくだりだった。

さりげなさを装った文章からは、酒への強い渇望が読み取れる。

甘酒は二種類あり、米麹で作ったものならアルコール分はなく栄養価も高い。飲む点滴の異名は伊達ではない。

手紙の主は、アルコールが含まれる酒粕バージョンの甘酒をご所望だったのだろう。しかし、桃山は米麹バージョンを大量に用意していた。恐らく手紙の真意に気付いていないものと思われる。見初たちも気付かない振りをした。

「神議って大変なんだなぁ。俺は村から離れられなかったから、妖怪たちに頼んで話の内容を報告してもらっていたよ」

「でも、会議が長引くって一体どんな内容だったんでしょうね……」

議論が白熱しすぎて口論になる時もあるらしいが、延長戦に突入するとは。

一体何があったのかと若干の不安を覚える見初だったが、その理由が判明したのは数時間後だった。

会議帰りの神々がホテル櫻葉を訪れたのは、日付が変わろうとする頃だった。

彼らはかつてないまでに疲れ切った表情をしており、終電を逃した社会人の様相を呈していた。弁当を受け取って泣いている神や、生気を失った虚ろな目で甘酒を啜(すす)る神もいる。

お土産を持って帰っていく神たちの波に逆らい、やって来る神がいた。

逆立った金髪に褐色の肌。身に着けているものは虎柄の半ズボンのみ。季節感を一切感じさせないスタイルと、頭から生えた二本の角。

変質者ではなく雷神だった。

「こんばんわ、雷神様」

「ヘイ、鈴娘！　こんなことになっちまってわりぃな！」

顔を合わせるなり突然謝罪された。

「神議が長引いちまったのは俺っちと風神の喧嘩のせいだ！」

「えっ、そうなんですか？」

本日ここには来ていないものの、風神は雷神とともにバンドを組む仲だったはずだ。そんな彼らも喧嘩するんだなぁと思っていた見初は、次の一言に仰天した。

「近頃人間たちが浮かねぇ顔ばっかしてるからよ、あんたらを元気付けるためのライブをすることになったんだ。けど、方向性の違いで揉めちまった！　俺っちはロック調がいいっつったんだけどよ、風神は今回はバラードがやりたいって言い出しやがった」

「神様同士の会議ですよね？」

見初は真顔で訊ねた。

「そんで他の神もロック派とバラード派に分かれて、殴り合いに発展しかけてよぉ。そんで大神様を本気で怒らせちまった。あとは皆して丸々十二時間説教コースよ」

手紙をくれた神が会議の進行の遅さにキレていた理由が判明した。これは怒っていい。

これで謎が一つ解けたものの、見初には新たな心配事が生まれた。雷神と風神の今後に関してである。

「あの……雷神様？　風神様とはまさか解散だなんて……」

「ん!?　んなことするわけねぇさ。互いに頭冷やして謝り合ってよ。曲もロックとバラードどっちも入れることになった。作曲が難しそうだけど何とかなんだろ！」

「そ、そうですか、よかったです」

さして推しているわけではないものの、見知ったバンドが仲違いの末に解散というのは心が痛む。風神の分を含めた二人分のお土産を持ってホテルを後にする雷神を、見初は手を振って見送った。

「終わったわねぇ……」

やり遂げた。覇気のない表情で、永遠子が自分の肩を揉みながら呟いた。老成したその動作は、彼女を女神と讃える熱狂的なファンにはあまり見せられない光景である。

今年はこんな形になってしまったが、また来年がある。その時は今年の分まで盛り上げようと誓いつつ、見初はちらりと長机に目を向けた。

用意した弁当はまだ在庫が残っていた。ホテルに立ち寄っている暇もないと、慌てて出雲から去った神もいたようで、予想よりも多めに残ってしまったのだ。

気合を入れて作った弁当なので廃棄するなんて勿体ないことは出来ない。かと言って、神様のために丹精込めて作った料理を客に「タダなんで」と渡すのもよろしくない。

「仕方ないわね、私たちで食べるしかないか……」

「私は二つくらいならいけますけど……他の皆は大丈夫ですか？」

既に弁当を一つ確保した見初は、従業員たちの胃袋を案じた。時刻は既に日付が変わろうとしている頃。今から夜食として食べる量ではない。

「み、見初ちゃん、落ち着いて。一人で二個食べたら明日胃を壊すわ」

「ねえねえ、永遠子さん、見初姐さん。そのお弁当食べ切れないならオイラたちがもらってもいい？」

風来が弁当をじーっと見詰めてから訊ねた。

「いいけど……風来ってそんなに大食いだっけ？」

「裏山に逃げて来た妖怪たちが皆疲れてるみたいだから、食べさせてやりたいんだよね～」

「うん？　逃げて来た？」

「……そういえば、神様たちがやって来るちょっと前から色んな妖怪の匂いがしてたのよね。特に悪さをする感じでもなかったから、心配してなかったけど……」

顔を外に向けて、くんくんと匂いを嗅ぎながら永遠子が言った。

「今度稲佐の浜で妖怪同士の合戦やるから、巻き添え喰いたくないって力の弱い妖怪がこっちに避難してたんだよ」

「ちょっとちょっと」

観光地でなんてことをしてくれるのだ。それを今度近所に新しいスーパーが完成する的なノリで話すこの狸も狸である。

一緒に聞いていた永遠子も、困惑の色を示している。

「ふ、風来ちゃん、それってどういうこと?」

「うーんと……扇風機と曇りガラスって種族が対決するんだって」

家電VS家具。見初の脳裏には曇りガラスにひたすら風を送り続ける扇風機の図が浮かんだ。何かの実験風景か。

「風来……それって旋狼族と雲烏族のことか?」

「あ、それそれ! 冬緒も知ってるってことはやっぱり有名なんだなぁ」

「有名って、お前名前思いっきり間違えてただろ」

それなりに認知度は高いのだろうか。人間社会に染まった風来は語感しか記憶に残っていないようだったが。

「旋狼族と雲烏族……私も前におばあちゃんから聞いたことがあるような……」

「狼の仮面を着けているのが旋狼族、鳥の被り物をしているのが雲烏族だよ。互いに自分たちのほうが格上の妖怪だって言い張って、二百年も争いをしている奴らなんだ」

「二百年⁉ そんなに昔から戦ってるんですか?」

随分と年季の入った因縁の仲である。見初が呆れ気味に聞くと、冬緒もげんなりした顔で頷いた。

「それでも昔はまだ単なる小競り合い程度だったみたいだ。ほら、火々知さんと海帆さんみたいな感じで」

「平和だったんですね」

　本人たちが聞いたら烈火の如く怒りそうだが、第三者から見れば「まーた始まったか」程度のゆるふわな戦いだ。

　最初の頃は二人が言い争いを始める度に戸惑っていた見初も、今や彼らの真横で煎餅を齧って(かじ)いられる程に逞しくなっていた。

「けど、今から二百年前から様子がおかしくなったんだ。本気で憎み合って、相手の一族を本気で攻撃するようになった」

「ええ……？　どうしてそんな仲悪くなっちゃったんですか？」

「そこまでは俺にも分からない。ただ、そいつらの厄介なところはどっちも妖怪としてかなり強いってことだ。どちらも信仰している神から力を授かっているからな。そんな連中が大暴れするもんだから……」

「他の妖怪たちはたまったものじゃありませんね……」

　だから怖がって避難して来たというわけだ。近隣住民にとっては一大事である。

「ただ、救いなのは人間には絶対危害を加えないってことだ。信仰している神から『何をやっても多少は許すが、人間に手を出せば力を奪う』って厳しく言い付けられているそうだぞ」

「それなら私たちは無事……でも、うーん……」

決して対岸の火事などではない。妖怪や神を客として扱っている自分たちにも火の粉が飛んでくる可能性は高いのだ。

百年単位で続いている火災をいい加減誰か消し止めてくれないだろうか。弁当を握り締めながら見初はそう願った。

近々浜辺で大合戦が始まるというのに、出雲市では平穏な空気が流れていた。

しかし、それは人間に限った話である。本日もホテル櫻葉の裏山に避難しに来た妖怪が「ちょいと裏山に隠れてますよ」と申告しに来た。

その頻度の多さが、旋狼族と雲烏族の戦いがいかに壮絶であるかを見初たちに教えてくれた。

「今度、稲佐の浜で狼と烏がやり合うって聞いたけど……何があるか分からないから気を付けてね」

「ありがとうございます……」

「まったく、あいつらは一体何がしたいんだろうねぇ」

客室に向かう途中、文句を延々と語っているのは他県から訪れた妖怪だった。出雲に棲む友人と出雲旅行を楽しむつもりが、その友人が怯えて裏山に逃げたために計画は中止となったそうだ。

妖怪を客室に案内し、ロビーに戻る。永遠子は休憩中で、代わりに冬緒がフロント担当をこなしている。見初もある程度場数を踏んでいるとはいえ、フロントを兼任出来るわけではない。

自分もいつかああなりたいものだ。冬緒に対して尊敬と憧れの念を抱いていると、何者かがこちらへ全力疾走しているのが窓から見えた。

開き切っていない自動ドアに激突し、ドアマンに支えられながら立ち上がった。

「頼む！　少しの間でいいから匿ってくれ！」

淡く清らかな風を彷彿させる模様が入った着物姿の女性がロビーに飛び込んで来る。そして、フロントテーブルの下に身を潜めた。

「うおっ⁉」

「あ、あのお客様⁉」

「しっ！　あいつらが来る……」

荒くなった呼吸を必死に整えている女性は、よく見ると小さな子供を抱き抱えていた。

女性の着物に必死にしがみついており、ガタガタと震える様子に見初はただ事ではないと感じた。

「時町(ときまち)、この妖怪もしかしたら……」

「椿木(つばき)さん、静かにしててください！　何か他にも誰か来るみたいです！」

見初の説明になっていない説明にとりあえず無言で頷きつつ、冬緒はテーブルの下で隠れている女性と子供をまじまじと観察していた。

すると、女性が予告していた通り、二人組の客が自動ドアを通ってロビーに足を踏み入れた。

どちらも狼の顔を模した仮面を着けており、女性と同じ柄の着物を纏(まと)っていた。どうやら人間ではなさそうだ。

「おい、人間！　我らの質問に大人しく答えろ！」

客ではないことはこの第一声ですぐに分かった。親しみが一欠片(ひとかけら)も存在しない物言いに見初は狼狽(うろた)えながらも、「どのようなご用件でしょうか？」と訊ねた。

「この建物に我らと同じ着物を着た女と子供が逃げて来なかったか？」

「い、いえ……そのようなお客様はお越しになっておりませんが……」

「客だと？」

「ここはお宿なんです」

見初がそう答えると、彼らは周囲を見回し始めた。

「ふん、纏(まとい)め。面倒な場所に逃げ込んだな……」

「ですから、そのようなお客様はいらっしゃいません」

「嘘をつくな人間！　ここには確かにあの裏切り者の匂いがするのだ！」

一人が強めの口調で見初に怒号を上げている間に、もう一人がフロントテーブルに乗り上げた。いくら人間社会に疎い妖怪であっても、ここまでの蛮行をする者はまずいない。

テーブルに乗ったまま妖怪が視線を下に向けた。

「ぷぅぅ？」

だが、そこには不思議そうに鳴く白い仔兎がいるだけだった。

「ち……っ、ここから気配がしたと思ったんだが、ただの兎か」

「お客様、そちらから降りてくださいますか？　うちではこのような行為は禁止されております」

あくまで穏やかだった見初とは反対に、冬緒が数枚の札をちらつかせながら冷ややかな声で妖怪二人に告げる。普段より険のある声音に、見初は心の中で「いいぞ、頑張れ」とガッツポーズを決めていた。

冬緒に気圧（けお）されたのか、テーブルから飛び降りた妖怪は片割れに苛立った声で言った。

「出雲には陰陽師たちがいる宿があると聞いた。それが恐らくここだ。今はこいつらを相手にしている暇はないぞ」

「そうだな……それにこの隙に、纏もどこかに逃げ去った可能性も高い。行くぞ！」

慌ただしくホテルから立ち去っていく姿に、見初と冬緒は視線を合わせてから胸を撫で下ろした。

「い、行ってくれましたね……」

「そうだな……」

冬緒はフロントテーブルの裏で鼻をひくひく動かしている白玉の頭を撫でた。

「ありがとな、白玉」

「ぷぅ！」

「これを使ってて正解だったよ」

冬緒は何もない場所を軽く撫でるような動作を行った。

すると、隠れていた女性と子供の姿が現れる。彼女の頭には椿の花が描かれた札が貼られていた。

まるでマジックのような光景を目にして、見初は控えめな拍手を送った。

「椿木家のお札って便利ですよねぇ……」

「人間ではないモノを隠す札。まあ、気配までは消せないから白玉がカムフラージュになってくれて助かったよ」

「ぷぅ～～」

「でも、白玉。寂しいからって部屋から脱走しちゃダメだよ」

「ぷぅ！」

感謝された後にちょっとだけ怒られたが、白玉は拗ねることなく首を縦に振った。出来た子である。

「うさぎさんだ……ふわふわして可愛い……」

女性に抱かれていた子供が顔を上げ、白玉を見てあどけない表情を見せる。子供特有のふっくらとした手に撫でられ、白玉が気持ちよさそうに体を屈めた。

「……助けてくれてありがとう。もし、奴らに見付かっていたら私もこの子もどうなっていたか分からなかった」

脅威が去ったと判断した女性は立ち上がると、「それと済まなかった」と頭を下げた。

「急いでいたとはいえ、何の説明もなしに突然匿ってくれと言うなんて……」

「いえ、何だか困ってたみたいですし。頭も上げてください」

「しかし……」

「……もしかしてあなたが仲間から追われていたのは、その子が原因か？」

険しい顔つきで問いかける冬緒の言葉に、女性の肩が揺れる。即答出来ずにいる彼女を子供が不安そうに見上げ、次の瞬間には冬緒を丸い目で睨みつけた。

「悪いのは僕なんだからお姉ちゃんを責めないで！」

「あ、違う違う。この人のことを責めてるわけじゃないよ」

「……ほんと？」

「ああ。ここにいれば、『どちら』にも襲われないからな」

冬緒が柔らかい口調で告げると、女性は泣きそうな表情で頭を上げた。

一方、見初は話に置き去りにされていた。この二人が何か悪さをしたわけではないのだとギリギリ分かるくらいだ。

「椿木さん、この人たちのこと知っているんですか？」

「時町、お前気付いてなかったのか？」

「ご期待に添えず申し訳ありませんが……」

素直に謝罪すると、失望の眼差しを浴びせられた。

「さっきの狼の仮面を着けた妖怪がいただろ？」

「はい」

「あれがこの間言っていた旋狼族だ」

「……あ！　そういえば！　狼の仮面着けてましたね」

ドラマに出てくる不良並の悪態ぶりと、女性を隠すことに気を取られて、そこまで頭が回らなかった。

あれが噂の……と彼らの横柄さにため息をついていた見初だが、あることに気付く。

あの二人は『裏切り者』とやらを捜していた。

「……じゃあ、あなたも？」

「ああ」

女性は首を縦に振ると、懐から狼の仮面を取り出した。

「私の名は纏。あの者たちと同じ旋狼族だ」

「あまりそんな風には見えませんけど？」

見初が率直な感想を述べると、纏は困ったように微笑んだ。

「私は戦うことが嫌いな臆病者だからな。あなたの言う通り、旋狼族らしくないかもしれない」

「で、でも私はそのほうがいいと思います」

周囲を気にせずドンパチをやり合うような種族の良心とも言えるだろう。あくまで見初の主観ではあるが。

「でも、どうして同じ仲間から追われていたんですか？」

「時町、そっちの子をよく見てみろ」

冬緒に促され、見初は白玉の毛をもしゃもしゃと掻き回す子供に視線を向けた。

纏と同じ、旋狼族の着物を着ている。彼女の子供か弟だろうかと思っていた見初だったが、その背中には小さな鳥の羽が生えていた。纏には羽が生えていない。

「旋狼族と争いを続けている雲鳥族は鳥の被り物をしているだけじゃなくて、その背中に羽が生えているんだよ」

　冬緒が子供を見詰めながら、声を潜めて言う。

「ということはつまり……」

「旋狼族なのに雲烏族の子供を連れているから、裏切り者扱いされている。……そういうことなんじゃないのか？」

「そう。この子……小夜は私が拾った雲烏族の子なんだ」

　鋭く尖った爪の生えた指先が、幼子の髪を優しく撫でる。その壊れ物に触れるような繊細な手付きからは、小夜に対する情の深さが感じ取れた。

◆◆◆

　旋狼族と雲烏族はこれまでに幾度も大きな戦いを繰り広げて来た。

　相手を圧倒するには少しでも戦力が必要となる。そのため、どちらの種族も戦闘が得意ではない者まで戦いを強いられた。纏もそんな一人だった。

　そして、恐怖に耐え切れずに戦いの最中に逃げ出してしまった。

　敵に見付かっても味方に見付かっても殺される。極限状態の中、ひたすら森を走り続けている時に偶然一人の子供を発見した。

　子供の親、兄や姉は前回の戦いの時に亡くなっており、家族の仇を取れと命じられていた。

　それを拒否して逃げ出そうとしたが、命に背いた罰として片方の翼をもがれて一族から捨てられてしまった。

　痛みと恐怖で当てもなく森を彷徨（さまよ）っていたが、やがて夜になり体力も尽きて茂みに隠れていたところを、通りかかったのが纏だ。

　仮面は外しているものの、旋狼族の着物を着ていた纏を目にした途端、子供は「助けて」と言葉を発していた。

　数少ない記憶の中に存在する姉と瓜二つの顔をしていたから。

「私はその子供を捕まえて、村に連れ帰るつもりだった。だけど、そうすることが出来なかった」

　ベッドの中で白玉とともに気持ちよさそうに眠っている小夜を一瞥（いちべつ）し、纏は懐かしむような口調で言った。

「私は旋狼族も雲鳥族もいないような地……つまりこの出雲まで逃げて、そこで小夜とすごすことにした。最初は数ヶ月程匿って、傷が癒えたら手放そうと考えていたのに、あと一日、あと七日、あと一月とずるずると別れを先延ばしにしてしまったんだ」

「それが旋狼族にばれちゃったんですね。あ、これどうぞ」

見初が纏に差し出した小皿には平たい餅のような物体が載っていた。その脇には黒文字が添えられている。

「宿禰餅ってお菓子です。こないだ永遠子さんって人が買って来てくれたんです」

「宿禰？」

「野見宿禰という相撲の神様と呼ばれた方のお名前から取ったみたいです。柚子味と胡麻味があるんですけど、求肥も入ってるから柔らかいんですよ」

「そんな……小夜が眠っているのに、私だけが食べるわけにはいかない」

「あとで小夜ちゃんにも同じのをあげますから、どうぞ召し上がってください。疲れていたり悩んでいたりする時に甘いものを食べると落ち着くんですよ」

そのためにお茶も用意したのだ。見初が勧めると、纏は恐る恐る柚子味のほうを口にした。

「……美味い。甘くて柔らかくて柚子の香りがする」

「ですよね！　胡麻味もいけますよ」

「あ、ああ……」

自身も胡麻味を堪能する見初に、纏は気が抜けたような笑みを浮かべながら茶を飲んだ。

その温かさに目を細め、続きを語った。

「……本当に偶然だった。旋狼族と雲烏族が新たな合戦の場に出雲を選んだと噂で聞き、私は急いでこの地を離れると決めたんだ。その最中に雲烏族に見付かり、連中から一族の子供を奪ったと見做(みな)されて追われることになった。だが、旋狼族にも見られてしまっていて……」

「どっちの一族にも追われてたんですか⁉」

敵が多すぎる。唖然とする見初の反応に、纏は遠い目をした。

「私だけが命を狙われるならまだいい。だが旋狼族は小夜が私を拐(たぶら)かし、何かを企んでいると考えているようでな。かと言ってまだ小さな小夜を捨てた雲烏族に引き渡すわけにもいかない。私は自分と小夜を守るために二つの種族から必死に逃げ回っていた」

「よかったですね……うちに逃げ込むことが出来て」

それだけではない。冬緒が機転を利かせて札で二人を隠していなかったらと思うと、心臓の脈打つスピードが上がった。

「だが、本当にいいのだろうか？」

「何がですか？」

「部屋がないからといって、私たちをここに置くなんて……」

「そんな、謝るのは私たちのほうですよ」

纏が眉尻を下げて室内を見回す。本当は纏と小夜をホテルに泊まらせる予定だったのだが、ちょうど客室が満室だったのである。

だが、危険な外に出すわけにもいかず、そこで見初の部屋に暫く匿うことにしたのだ。

「まあ、ホテルの部屋のほうが住み心地は絶対いいと思うんですけど、こっちもすごしやすいと思いますんで」

「私が言いたいのはそのようなことではなく、何も関係のない妖怪にここまで親身にする利点がないということだ。私たちを追いかけて来た旋狼族を見ただろう？　雲烏族もあのように好戦的な性格だ。そんな奴らを敵に回すようなことをすれば、あなたたちも……」

恩人たちを案じる纏の言葉を遮るように、部屋のドアをノックする音が聞こえた。見初が開けると、冬緒が入って来た。

その手にあったのは二枚の札だった。

「纏さん、これを使ってくれ」

「……これは？」

「さっき、あなたたちに使った札の効果を持続出来るように改良したんだ。この建物の中にいる限りは、外にいる奴らから気配も姿も隠せる」

「うわー、すごく便利じゃないですか……」

纏と小夜を見初に任せて、自室に籠っていたと思ったらこんなアイテムを開発していたらしい。

見初が目を輝かせながら札を見ていると、冬緒は照れ隠しにむっとした表情をしていた。

「りょ、寮の中にいる時だけ安全で、根本的な問題は解決してないぞ。今後ずっと旋狼族と雲烏族に追われ続けることには変わりがないんだ」

「あれ？　椿木さん、雲烏族にも追われているってどうして知ってるんですか？」

「そんなの深く考えなくても分かるだろ」

「ですよねー……」

冬緒の言う通りだ。ホテル櫻葉の寮の敷地内にいる限りは安全が保証されているが、危険が消え去ったわけではない。

雲烏族ならともかく仲間であるはずの旋狼族ですら、あの様子だ。失礼ながら、纏の言葉が通じるとはとても思えない。

立ち塞がる難題に、見初と冬緒の眉間に皺が何本も寄った。

◆　◆　◆

一日の仕事を終え、空腹になりながら寮のホールに向かった見初が目にしたのは、布巾でテーブルを拭く纏の姿だった。邪魔にならないようにか、着物の袖も紐で縛っている。

「纏さん？」

「私たちを匿ってくれているのに何もしないわけにはいかない。せめて何か手伝いをさせて欲しいと頼み込んだんだ」

「なるほど……ありがとうございます、纏さん」

そんなことはさせられないと一瞬思ったものの、迷惑になっているのではと纏は悩んでいたのでちょうどよかったのかもしれない。

「小夜ちゃんは私の部屋ですか？」

「あの仔兎とすごしている。時々、狸と狐の妖怪も来てくれて一緒に遊んでもらっているようだ。それから……」

「わぁっ！　高いたかーい！」

子供のはしゃぎ声。天樹に背負われて喜んでいる小夜のものだった。その横で海帆が見守っている。

「どーよ、兄貴の背中は。風来と雷訪じゃこんなことは出来ないんだからな～？」

「おんぶなんてそんなすごいものじゃないでしょ……あ、ほら、纏さんだよ」

「お姉ちゃん！　見初様もいる！」

小夜は天樹の背中からぴょんと飛び降りると、纏の下に駆け寄った。見事な身のこなしに見初が小さく拍手する中、纏は布巾をテーブルに置いて子供を抱き上げた。

「あのね、今日は狸さんと狐さんと『はなふだ』ってお札を使って遊んでたよ！　綺麗な絵が描いてあって、それを揃えるの」

「そうか。あとで私にも遊び方を教えてくれるか？」

「うん！　しょうぎっておもちゃは文字しか書いてなくてよく分かんなかったけど、はなふだはとっても楽しいんだよー！」

　初めて見た時は可哀想なくらい怯えていた小夜も、今はふくふく笑っていて纏に一生懸命楽しさを説明している。その光景に癒されつつ、見初は数時間前の出来事を思い返していた。


『ここに穢らわしい狼が逃げ込まなかっただろうか。我が一族の子供を連れ去った卑劣な女だ』

『必ずや仕留めなければならない』


　ロビーに入って来るなり、物騒な発言を放ったのは鳥の頭部を模した被り物で顔を隠した、二人組の妖怪だった。雲鳥族である。

　やはり来たか。見初は冬緒と永遠子と目配せをしてから、「それっぽい妖怪はやって来たが、誰かに追われているようですぐに逃げ去った」と堂々と偽りの情報を彼らに与えた。どの方向に逃げて行ったのかと質問を続ける彼らに、「あっちです」とある方向に指を差す。

　見初が澱みなく答え続けると、雲鳥族は時間の無駄だったと悪態をついて帰って行った。

嘘をつく時は多少の真実をエッセンスとして加えたほうが信憑性が高まり、滑らかに言うことが出来る。

見初にそう教えてくれたのは永遠子である。永遠子は口元を吊り上げると見初に向かって親指を立てた。ホテル櫻葉の看板娘というより、作戦の成功を喜ぶ上官のようであった。

とまあ、このように旋狼族だけではなく雲鳥族までもが纏の行方を執拗に追っている。

そんなことをしている暇があれば、合戦の準備でもしていろ。たまたまその様子を目撃していた火々知がそう漏らしていた。海の近くに棲んでいる妖怪は皆避難したので、さっさと始めて相討ちになれば一番いい、などと倫理が崩壊した発言も残している。

ワインと海帆さえ絡まなければ、意外と良識的な彼がここまで言うのだ。妖怪の間では厄介者扱いされているのだなぁと、見初は改めて実感した。

「見初様も後で遊ぼうね！」

「うん、私も花札大好きだからいっぱいやろうね」

見初が身を屈めながら答えると、小夜はよほど嬉しかったのか何度も頷いた。その姿に纏も頬を緩めていると、柳村（やなむら）がホールに姿を見せた。

「纏さん、少々お時間よろしいでしょうか？」

「あ、ああ。分かった。見初様、小夜を頼む」

「はい、お任せください」

「お姉ちゃん、そのおじちゃんと大事なお話？　いってらっしゃい！」

見初と小夜に見送られ、纏が柳村とともにホールから立ち去っていく。すると、海帆がどこか気の毒そうに小夜の髪を撫で回した。

「にしても、その扇風機と曇りガラスだっけ？　ほんとどっちも迷惑な連中だなぁ」

「海帆、旋狼族と雲烏族ね」

どこぞの狸と同じく、適当な覚え方をしている海帆に、兄から真顔でのツッコミが入った。

「そんなもんどっちだっていいじゃん」

「よくはないよ。妖怪じゃなくなってる」

「だって纏は小夜をずっと守って育ててきただけなのに、追いかけ回す程悪いことしたんだって考えるなんておかしいって」

「それは……まあ……そうですね」

見初も思っていることだ。天樹もそこは同意見のようで口を挟もうとしなかった。

「大体そいつらは何で自分が上だって何百年も張り合ってるんだか」

「それ、海帆が言うこと？」

「あーもー、兄貴はうるさいなぁ。それに私とオッサンはちゃんと時と場所を選んで迷惑にならないように喧嘩してるだろ」

ちなみに昨日、海帆と火々知は間に天樹を挟みながら三十分以上口喧嘩をしている。その間、天樹はずっとスマホを見ていた。

周りの迷惑にならないように喧嘩しろ。海帆はそう主張したいのだろうが、説得力が皆無だ。

妹に向けられる天樹の視線も「君が言うな」と語っている。だが、本人に全く伝わっていない。

直接言ったところで改善が見られないのだから、目で訴えて何かが変わる問題ではないのだ。

「……喧嘩したくないと思うよ」

兄妹の温度差が激しくなっていると、小夜から悲しげな声が零(こぼ)れた。

子供の前でする話ではなかった。そう思い、見初が小夜を自分の部屋に連れて行こうとすると、小さな手に袖を掴まれた。

「ほんとは喧嘩して仲間がいなくなっちゃうなんて、みんな嫌なんだよ。でも、止められないんだ。きっかけがないから……」

小夜は辛そうに顔を歪(ゆが)めて俯(うつむ)いた。

◆　◆　◆

纏が見初の部屋に戻って来たのは、夕食後だった。柳村と話をしてすぐにこちらに来たらしいので、食事をしてくるように言ったのだが、纏は首を横に振った。

「先に、柳村様との話を聞いて欲しい」

「はぁ……どんな内容だったんですか？」

纏はすぐに言おうとせず、お腹が膨れて部屋に戻るなりすぐに寝てしまった小夜をちらりと見た。

「……妖怪と共存している陰陽師を何人か紹介された」

「陰陽師を？」

「その陰陽師の下で暮らさないかと提案されたんだ。そうすれば旋狼族も雲烏族も手が出せないからな」

「そっか！　人間には手を出しちゃいけませんからね」

それに襲撃を受けたとしても、陰陽師が守ってくれるだろう。纏も小夜も安全に暮らせる。

名案、と表情を明るくする見初だったが、纏は後ろめたそうに視線を泳がしていた。

「ありがたい話だ。けれど……断った」

罪を懺悔（ざんげ）するかのような、痛みと後悔を含んだ声だった。

「……それはどうしてですか？」

困惑するわけでも責めるわけでもない。純粋に理由を知りたくて見初は問いかけた。

「人間と同じ暮らしを送るのは楽しい。だが、私たちにはその資格はない。旋狼族も雲烏族も、自らが優位だと示すために大勢の人間を巻き込んでしまったんだ」

見初から目を逸らし、纏が握った拳を震わせた。

「……二百年前のことだ。いつものように張り合っていた旋狼族と雲烏族は、日照りで苦しむ地域に雨を降らせて、人々を喜ばせたほうが勝ちだとする勝負を始めた。どちらも天候を司る神の力を授かっていたからな。雨を降らすことは出来た。……降らせすぎたんだ。そして、昼夜問わず何日も降り続けた雨で、山が土砂崩れを起こし、人間が死んでしまった」

「そんなことが……」

「神は『自分たちの力を過信した結果だ』と大いに咎めた。だが、旋狼族も雲烏族も二度と同じ過ちを繰り返さないと誓えるような利口さを持っていなかった。自分たちのせいで人間が死んだと認めたくなくて、『相手が雨乞いの術を失敗して大雨を降らせたからだ』と言いがかりをつけたんだ。それからだ、今まで以上に激しく対立するようになったのは」

纏は自分の仮面を取り出すと、その表面を爪先でゆっくりとなぞった。そして、震える手で仮面を強く掴んだ。ぱきん、と音を立てながら罅(ひび)が入る。

「くだらない強情さのせいで命が失われた。そのことが尾を引いて、互いに後戻り出来ない場所まで来てしまったんだ。私たちは本当に馬鹿だな」

「……纏さんは小夜ちゃんを助けたじゃないですか」

「ああ、私は小夜に出会って、踏み留まれた。でも、そうじゃない者はたくさんいる。以前みたいにどちらが格上なのかを争っているのではなく、相手を悪者にしようとしているだけなんだ……」

纏は自分と小夜だけではなく、二つの種族が救われて欲しいと願っているだろう。小夜の存在が、敵対している種族同士でも大切に思い合う心を持つことが出来ると教えてくれたから。

見初は仮面を掴んだままの纏の手に触れた。

「仮面、壊れちゃいますよ」

「時々、旋狼族として生まれた自分が嫌いになる」

「でも、そのおかげで小夜ちゃんは今こうしていられるんですよ」

「……そうだな。こんな私でも誰かの命を救えた。それは忘れてはならないことなのかもしれない……」

仮面を砕かんばかりだった力を緩め、纏は慈しむように頬の部分を何度も撫でた。

そして三日後、ついに聞きたくなかった知らせがホテル櫻葉に齎されることとなった。

「今晩の二時に合戦が始まるって浜を見張っていた妖怪が教えてくれたぞ」

「うーん、やっぱり始まっちゃうんですね……」

見初は目の前にいる冬緒と同じく、両腕を組んで唸った。

しかも社会人なら誰もが寝静まっている午前二時に開戦。人間を巻き込まないためだろうが、それが終わるまで気になって眠れない。

「時町、お前は纏さんと小夜の安全確保な」

「あ、はい」

翌日の寝不足が確約された。

まあ、これも纏と小夜を守るため。売店で栄養ドリンクを買っておこう。そんな決意を胸に秘めながら見初が部屋に戻ると、窓辺に佇む纏の姿があった。小夜はいつものように白玉とじゃれ合っているうちに眠ってしまったらしく、白い毛玉を抱き込んだ状態で寝息を立てている。

「あ、あの……纏さん……」

やはり戦いが始まることを言うべきだろう。見初が言葉を選びながら口を開くと、纏がこちらを振り向いた。

「見初様、あなたたちには数え切れない恩があり、感謝もしている」

「いえいえ、そんなお気になさらずに……」

「それらを承知で最後に頼みがある。もし私が戻らなかったら、小夜をよろしく頼む」

「……纏さんどこに行くんですか？」

不穏さを感じて見初が聞くと、纏は無言で仮面を着けた。それが何を意味するのか悟った見初は息を呑んだ。

「もしかして浜に行くつもりじゃ……」

「……止めないでくれ」

「いや、止めますよ！ 見付かったらどんな目に遭うか分からないんですよ!?」

しかも、最も気が立っているであろうこの時に彼らの下に向かうなんて自殺行為に等しい。

絶対に行かせてなるものかと、纏の着物の袖を掴む。皺になってしまうかもと考えたが、そんなことを心配している場合ではない。

「落ち着いてくれ。何も奴らの前に姿を見せるわけではない。ただ、見守りたいと思ったんだ」

「……？」

「今回もただ傷付け合うだけで何も変わらないかもしれない。だが、私は戦うことすら出来なかった腰抜けだ。見届ける義務がある」

「でも危ないですよ……」

「分かっている。危険だと判断したらすぐに戻って来る」

そう言われても、見初は首を縦に振ることが出来なかった。冬緒からもらった札も、寮の外に出てしまえば効力を失ってしまう。その間に襲われてしまえば……。

「……どうしても行きたいんですよね？」

見初が小声で確かめれば、纏は頷いた。仮面の下でどのような表情をしているかは窺い知ることが出来ない。

けれど、きっと迷いはないのだろう。見初も覚悟を決めることにした。

「一つだけ条件があります。それが通らないなら今すぐ他の人を呼んできて、纏さんを止めてもらいます」

「何だ？」

「私も一緒に連れて行ってください」

「それは……！」

「人間が一緒にいるって分かれば、無闇に襲われることもないと思うんです」

それで安全が保証されたわけではないし、見初にも危険が及ぶかもしれない。だが、不安より纏の思いを尊重したいという気持ちが勝った。

「……ありがとう」

纏は優しい声で礼を告げた。

絶対に断られると思っていたので、すんなり了承してくれて見初は目を丸くした。考えていることを読まれたのか、仮面の下から微かな笑い声が漏れる。

「あなたはいくら止めても聞かなそうだ。それに嬉しく思っている。私には今まで小夜しかいなかったから……」

「それじゃあ、善は急げですね。ここからだと浜までちょっと時間がかかりますので──」

「私が持って行く。人間一人なら楽に運べる」

「ん？」

今、明らかに人に対して使うべきではない言葉が出たような。どうか幻聴であって欲しいと祈っていると、纏が背を向ける形で見初の前に立った。

「え？」

戸惑う人間の両腕を後ろ手で掴み、自分の首に回させて重心を低くする。

つまり見初をおんぶした。

「お、重くないですか？　私、最近体重が危険水域に達してるんですが」

「いいや、岩石の塊に比べれば軽いものだ」

「そんなものを比較対象にされましても……」

「しっ、喋ると舌を噛む」

そう言って纏は窓を開けて、手すりに身を乗り上げた。

その際、穏やかに眠る小夜に「行ってくる」と言葉を残す。

見初を背負ったまま纏が外に飛び出した。地面に着地することなく、重力を無視して上へ上へと夜空に向かう。

まるで目には見えない階段を一段一段登っているかのような纏の足取り。徐々に遠ざかっていく地上と、夜空を満たす星々。

纏の首にしがみつきながら、見初は興奮気味に叫んだ。

「纏さんすごいですね……！」

「旋狼族は風神を信仰し、風や空気を操る力を持っているんだ。寒くないだろう？」

「あ、そういえば」

薄着のままなのに寒さを感じない。むしろ、暖房の側にいるような心地よさだ。

「でも、とっても静かですね……本当に戦いなんて始まるのかな……」

夜の帳（とばり）が下りた出雲はとても静かだった。

街中からも灯りが消えて、多くの人々が眠りに就いている。間もなく妖怪同士の争いが起こるなど誰も知る由もないだろう。

そのことに少し寂しさを覚えながら海のほうへ視線を移すと、無数の光が集まっているのが見えた。

「あれは……」

「雲鳥族の光だ。私たちが風神ならば、奴らは雷神を信仰していて、晴れの日でも雷撃を放つことが出来る。……急ごう！」

「はい！」

振り落とされないよう、纏にしっかりと掴まりながら見初は返事をした。

人間を乗せた女が風を纏い、夜空を軽やかに走っている。その姿は獲物を追いかける狼そのものだ。

「お姉ちゃん……」

小夜は遠く離れていく纏が見えなくなるまで、窓の外に目を向け続けていた。

危ないかもしれないのにどうして行ってしまったのだろう。あの優しい女の人も。そう考えながら窓を開けると、冷たい風が部屋の中に入り込んで、ぶるりと、体が震えた。

纏と一緒にいるようになってからは、寒さを感じたことは殆(ほとん)どなかった。きっと彼女が暖かな風で守ってくれていたのだ。

だから、今度は自分が纏を助ける番。

小夜は両手を強く握り締めると、窓の外に身を投げ出した。

夜の海は闇と同化しており、空との境界が分からなくなる。なのに、時折聞こえる緩やかなさざ波がどこか不気味さを醸し出す。

だが、その浜辺は目映い光に照らされていた。

雷撃を纏い、光り輝く錫杖を持っているのは鳥の被り物を着けた妖怪たちだった。

その着物には亀裂のような模様が入っており、背中から生えた鳥の羽が夜風に靡いていた。

彼らと対峙しているのは、肉食獣を模した仮面を着ける妖怪の大群だった。

獣の如く身を屈め、その鋭い爪で相手を斬り裂く瞬間を虎視眈々と狙っているように見える。

上空からでも空気が張り詰めているのが分かる。

予想以上だと見初は思わず言葉を失ってしまった。纏も何の言葉も発さずに場を見守っている。

なので、背後から水で出来た縄が迫っていることに気付かなかった。それがしゅるりと纏と見初の体を搦め捕り、無理矢理空から引き摺り下ろす。

「うわ……っ」

悲鳴を上げそうになった見初の口を手の形をした水が塞ぐ。

見初と纏は巨大な『弁天島』の裏、二つの種族から死角になる位置に落下したものの、丸い泡がクッション代わりとなって痛みと衝撃はなかった。

「なあ、お前たちってあの馬鹿どもの見物客？」

青い鱗で覆われた手足を持つ銀髪の女性が煩わしそうに訊ねた。

蜥蜴のような尻尾で何度も地面を叩いており、言外に『あいつらどうにかしろ』と訴えていた。

「どちら様でしょうか……」

「この海に棲んでる海神だよ。あんたは人間みたいだけど……あ、前に人魚と一緒に薬師を迎えに来た子かな」

恐らく以前、ホテルに泊まりに来た客のことだろう。

人魚の血で永い時を生き続ける薬師の竜胆と、彼の側にいたいがために人間に血を分け与えてしまった人魚の沙羅。

あの時、竜胆は病で苦しみ暴走する海神に薬を飲ませるため、荒療治を決行した。そしてそれを案じた沙羅とともに見初もここを訪れていた。

ホテルにも泊まりに来たことがないので、こうして直接顔を合わせるのは今夜が初めてだ。

「は、初めまして、時町見初と申します」

「……私は纏と申します。旋狼族の一人です」

「どうにかなんないのか、あれ。何で人んちの庭で合戦やらかそうとしてんだよ。さっき、どっちかの前口上で『この地での戦いを神々に見届けてもらいたい』って言ってたけど、傍迷惑(はためいわく)でしかないぞ」

「そうですよね……」

　不平不満をこちらにぶつけられても困るのだが、海神の気持ちもよく分かる。見初だってホテル櫻葉の庭先で大乱闘が始まったら困るし、場合によっては武力行使も敢行せざるを得ない。

　というよりも、海神であればすぐに止めさせることが出来るのではないか。神なんだから。

「私も止めたいけど、その権利がないからこうやって見てるしかないのさ」

「権利ですか？」

「奴らはどちらも他の神を信仰している。神の立場として説教とか裁きを下せるのはそいつらだけだ」

「じゃあ、その神様たちにお願いして止めてもらうしかないのでは？　片方は風神様で、もう片方はええと……」

見初は焦りを感じながらもポケットから出したスマホで時刻を確認した。

一時五十七分。

「我らは誇り高き旋狼族！　今宵こそ悪しき者どもを殲滅(せんめつ)することをここに誓おう！」

族長なのか、他よりも豪奢(ごうしゃ)な着物を着た旋狼族が声高らかに宣言した。海神が誓われても困るという顔をしている。

「戯言(ざれごと)を申すな！　かつてその傲慢な心によって人間の命を奪ったことを忘れたか！」

雲鳥族の族長のような妖怪も激しい怒気を込めながら叫ぶ。

やはり、彼らの敵意の根底には、二百年前の責任を相手に押し付けたいという気持ちが存在している。

今、自分たちが出て行ったところでどうにもならない。弁天島の陰から固唾(かたず)を呑んで見守りながらも見初が歯がゆさを感じていると、纏が突然空を見上げた。

「纏さん？」

「この気配……まさか……」

焦りを滲ませる纏の声に、見初も視線を追いかけるように頭上を仰ぐ。

無数の星たちの中で、一際強い輝きを放ちながらこちらに近付いて来る光があった。

まさか隕石。妖怪合戦よりもある意味規模の大きな物が飛来している。

もうダメだ……と絶望しかけた見初だったが、それは宇宙からの贈り物ではなく、黒いクッションのようなものに乗った子供だと気付いた。

「小夜……⁉」

驚愕と困惑の入り混じる声で纏が子供の名前を呼んだ。

だが、小夜に纏の声は届いておらず、あろうことか旋狼族と雲烏族の間に降り立った。

黒雲に乗ってここまでやって来た小夜の頬は寒さで赤く染まっていた。

「あの子供、纏が匿っていた烏か……⁉」

予想だにしない闖入者に旋狼族がざわつく。

「小夜め、敵に媚び入ってのうのうと生きておったのか……！」

そして味方であるはずの雲烏族からも、蔑みの言葉が吐かれた。

纏が駆け出そうとする。

「小夜！」

「待て、狼！　あの子供はお前の知り合いみたいだけど、今出て行ったらお前まで連中の餌食になるよ。見てみな、あいつら今にも子供に襲いかかろうとしている」

「分かっているなら止めるな！　私は——」

「皆もうこんなことしないで！」

幼い声での叫びに纏の言葉が止まる。

小夜が両陣営を交互に見ながら必死に声を上げていた。怯えた表情をしながらも、その場から逃げ出そうとせずに。

「戦いたくないのに戦っちゃダメ！　たくさん辛い気持ちになるだけだよ！」

「ふ、ふざけるな小夜！　旋狼族を庇(かば)い立てするなど許されぬぞ！」

「だってお姉ちゃんは旋狼族だもん！　お姉ちゃんの仲間にも傷付いて欲しくない‼」

雲烏族の族長の怒号に、小夜は目を強く瞑(つむ)って反論した。その言葉に族長は低く呻(うめ)いたが、数人の雲烏族がハッと息を呑んだ。

「お姉ちゃん……僕が雲烏族だって知ってても、とっても優しかったんだ。僕が寒くならないようにあったかくしてくれたよ……危ない目に遭わないように守ってくれたよ……」

旋狼族も爪を引っ込めて、静かに耳を傾けている。

「僕、誰とも戦いたくない……！」

「小夜、戯言はそれで終わりか？」

冷ややかな声で問いを口にしたのは雲烏族の族長だった。その手に握り締められた錫杖は煌々(こうこう)と輝き、今にも雷撃が放たれようとしていた。

「旋狼族と手を取り合う日などやって来ない」

「そんなことない！　僕とお姉ちゃんは仲良しだもん！」

「もうよい。まずはお前だ。お前を惑わした狼が来るまで黄泉(よみ)の世界で待っておれ」

「やめろ！　その子に手を出すな……！」

纏が弁天島から飛び出す。

だが既に遅く、錫杖からの雷撃が小夜を襲った。

夜の闇を照らす程の閃光に、その場にいた誰もが瞼を閉ざす。

唯一、海神だけが涼やかな表情で眺めていた。迸る雷撃が小さな子供を貫くよりも早く現れた男が、それを掴んで握り潰す光景を。

「……あれ？　痛くない……」

小夜は呆然とした表情で立ち尽くしていた。

「な、な、な……っ⁉」

一方、雲鳥族の族長は愕然としていた。

小夜が自らの攻撃から逃れたことに驚いているのではない。その隣に立つ存在に意識を向けていた。後ろに控えていた雲鳥族の面々も驚愕している様子だった。

そして見初も救世主の登場に目を大きく見開き、その人物の下に向かった。

「何してるんですか、雷神様！」

「おっ、鈴娘こそ何でこんなところにいやがるんだ⁉　夜更かしか⁉」

リコーダー片手に雷神が元気に手を振っている。

「夜更かしをしたくてしてるわけでは……」

「に、人間の小娘！　その御方を誰だと思っておるのだ！　頭を下げよ！」

声を荒らげる族長を始め、雲鳥族は全員片膝をついて頭を垂らしていた。

その様子から見初の中に一つの可能性が生まれる。

「もしかして……雷神様って雲鳥族に信仰されてます？」

「イエス‼　こいつらは部下みたいなもんだぜ！」

「えええええ……⁉」

衝撃の事実。

「小夜！　無事だったか⁉」

纏が小夜に駆け寄ろうとする。しかし、行く手を阻むように旋狼族が立ち並ぶ。

族長が爪を纏に突き付けながら憎悪の籠った声を上げる。

「おのれ、纏……！　あやつらの信仰神を呼び出すとは！　この大罪、貴様の命を以て償ってもらうぞ！」

「ほお？　子供を守ろうとした女にその仕打ち、看過出来ませんね」

神経質そうな声色での言葉が旋狼族の耳に届いた直後、彼らの体は大きく舞い上がって纏以外の全員が海に叩き落とされていた。

白いタオルを肩にかけた、眼鏡の男が纏の傍らに立っている。

しかし雷神と同じように、渦巻き模様の半ズボンを穿いているだけで上半身は裸。手にはエレキギターが握られていた。

ちなみにメタボリック症候群を疑われそうな腹をしている。

夜の浜辺に現れた不審者。これが人間だったら見初は即座に通報していただろう。

だが、彼は見初たちにとっては救世主その2だった。

「おやおや、あなたはベルガール様ではないですか?」

「こ、こんばんは、風神様」

そう、彼こそがエレキギターを弾きこなし、雷神とバンドを組み、先日の神議でやらかした風神である。

雷神と比べてホテル櫻葉に泊まりに来る頻度は少ないものの、非常に強いインパクトによって見初の記憶に深く刻まれていた。

「ふ、風神様まで……何故この場に……」

水面から顔を出し、旋狼族の族長が困惑げに呟く。見初もそこは疑問だった。あまりにもタイミングが良すぎる。

「何で来てくださったんですか?」

「海神に会いに来たんだぜ!」

「はい。雷神が原因で、ホテル櫻葉でのパーティーが中止になってしまいましたからね。二人で話し合って全国の神々に謝罪する旅を始めることにしました」

そう語る風神の額には汗が浮かんでおり、タオルで拭っている。本人から出ている蒸気のせいで眼鏡のレンズも白く染まり、目が見えない。

見た目の危なさだったら、雷神を超えていると見初は思った。海神も「お、おう」と少し引き気味に頷く。

「お姉ちゃん！」

小夜が纏の胸へと飛び込む。勢いが強かったのか、纏はその場に尻餅をつきながらも小夜を両腕で抱き止めた。

「小夜……どうしてあんな無茶をしたんだ……」

「ごめんなさい……でも、僕ね……」

「ああ、分かっている。争いを止めようとしてくれたんだな」

纏が仮面を外すと、泣き笑いを浮かべる顔があった。小夜もそれを見て、大きな瞳に涙を溜め込んだ。

「ら、雷神様！　あの二人に天罰の雷を下してください！」

その再会に水を差したのは雲烏族の族長だった。賛同するように他の者も叫ぼうとした。

それを黙らせるように、雷雲が立ち込め始めた空から雷撃が彼ら目掛けて落ちた。

「うわぁぁっ⁉」

ギリギリ当たらないように降って来る雷から雲烏族が逃げ惑う。

雷が落ちて来ない場所へ。そうして走っているうちに、いつの間にか海中に足を踏み込んでいた。

合戦のために集まったはずが、全員冷たい海に浸かっている。そんな間抜けな結末を迎え、困惑する妖怪達に雷神と風神が言い放つ。

「俺っち……いや、我らからおぬしらに言うべきことは何もない」

「その通りです。暫くそうして頭を冷やしていなさい。我々が出来たことをあなた方が出来ないはずがありません」

音楽大好きおじさんではなく、人間や妖怪を守る神としての言葉だった。

小夜を抱き抱えながら纏が口を開こうとする。それを待たずに彼らの体は白い煙となり、夜の闇へと溶け去った。

旋狼族も雲烏族も、ただ呆然としながら海に浮かんでいた。自分たちが崇拝する神が残した言葉を理解しようとしているのかもしれない。

けれど、不思議と彼らが安堵しているようにも見初には見えた。

空を見上げれば雷神が呼び出した雲は消え去り、再び満天の星が広がる。

綺麗だなぁと眺めていたが、やがて寒さを思い出して大きなくしゃみが出てしまった。

◆　◆　◆

「それじゃあ、陰陽師の使い魔になることに決めたんですね」

「柳村様や椿木様にもう一度説得されたんだ」

そう言って纒はすっかり気に入った宿禰餅を口に入れた。見初は一安心しながら茶を啜る。

神々の介入後、旋狼族と雲鳥族は静かに出雲を去っていった。

だが、纒と小夜の安全が確保されたわけではない。

雷神と風神が直々に守った命だ。再び手を出すとは思えないが、何があるか分からないと二人は妖怪に友好的な陰陽師の保護下に置かれることになった。

「海帆様速いはやーい！」

「よーし！　もっと速く走ってやる！」

「海帆止まって！　小さな子をおんぶしたまま走り回ったら危ないってば！」

「大丈夫大丈夫！」

「海帆様って何だか海神様に似てるねー！」

外からは小夜と十塚（とつか）兄妹の賑やかな声が聞こえる。陰陽師の下に行くのであれば、またこうして遊びに来てくれるかもしれない。

「……でも、戦い止めてくれるかもしれませんかね」

雷神も風神も『戦いを止めろ』とは言わなかった。言えば彼らは二度と争いを起こさないだろう。

だが、神に命じられたからではなく、自らの意思でなければ意味がないのだ。

数百年争い続けてきた彼らに可能なのかという懸念が残るが。

「……確かに今すぐは無理かもしれない。深く根付いた考えを変えるというのは、とても難しいことだから」

「…………………」

「だが、今回のことでどちらの一族も多くのことを考えると思う。ここまで来るのに随分とかかってしまったが、私たちにはこれから先も時間があるんだ」

「そう……ですね。うん、そうですよ」

纒の前向きな言葉に見初も頬を緩める。

変われないなんてことはない。

そして、いつか纒と小夜が本当の意味で安全に暮らせる時も来るはずだ。

旋狼族と雲烏族の両方に受け入れてもらえますように、と願いながら見初は宿禰餅を頬張った。

第三話　こおりの少女

灰色の空を見上げると、白い雪が一粒だけ降ってきた。その様子をぼんやり眺めていると、雪がたくさん降り始めた。

もう暫（しばら）くすれば、この森は真っ白に染まってしまう。そう考えていると、じわぁと視界が滲んだ。

一番大好きで、一番大嫌いな冬。ああ、またこの季節が訪れてしまった。

「……早く行かないと」

目に溜まった涙を袖で拭い、洟（はな）を啜（すす）って歩き出す。

仲間たちに別れの言葉を言うつもりはない。どうせ、自分がいなくなっても彼らは困らない。むしろいなくなって助かったと安堵するだろう。

「うう……でも私は絶対に生まれ変わってみせるんだ！」

迷いを振り切るように走り出す一人の少女。彼女が残した足跡にはうっすらと氷が張っていた。

◆

◆

◆

「これを見てください。こいつをどう思う?」

「ぷぅ!」

「冷凍庫の中で見付けたんです。多分……夏に買ったブツだと思うんですが」

「ぷぅ!」

「……味変わってないと思いますか?」

「ぷぅ……」

今まで元気よく鳴いていたのに、急に覇気がなくなった。テーブルに置かれた発掘品からも目を逸らし、白玉はバラエティー番組を観始めていた。ちょうど好きな芸人が登場したようで、長い耳をぴくぴくさせている。

同居兎から見捨てられてしまい、寂しさを感じながら見初はテーブルへと視線を落とした。

霜に包み込まれた謎の白い物体。指でちょいちょいと取り除いていると、見覚えのある商品名が現れた。今年の夏、見初がハマって爆買いしていたアイスだった。

コンビニの限定商品なのでホテルの売店に売っておらず、炎天下の中、保冷剤入りのアイスボックスを持って買いに行ったのだ。

やけに重いなと中を確認したら、中で風来が涼んでいたせいでかなりの重さとなり、翌日筋肉痛に苦しんだ記憶もある。

そんな苦労をしてまでゲットしたはずのアイスだった。確か一、二週間で全て食べ切ったはずなのだが。

「大丈夫かなぁ、これ……」

真摯な顔付きでアイスのパッケージを睨み付ける。購入してから数ヶ月。冷凍庫の奥で化石となっていた彼だが、時の流れによって味に変化が生じていないか心配である。

ここに他に誰かがいたら「そもそも食べて大丈夫なの？」と聞きそうなものだが、側にいるのはテレビ番組に夢中な兎だけである。

もっとも、本当に食べたら危なそうな食べ物があれば、「ぷぅぅ！」と捨てるように見初に訴えるのだ。その白玉が床に寝そべりながら芸人の活躍を見守っているのである。危険はないと見初も判断する。

「それに食べてあげなきゃ、このアイスも浮かばれないもんね……」

簡単に捨ててしまえない値段だったし、かと言って冷凍庫に戻したら絶対に忘れそうだ。食べるなら今。スプーンを用意してアイスの蓋を開けようとした時、窓の方からコンコンと叩く音がした。

スプーンをテーブルに置き、閉め切っていたカーテンを開けると十代後半とおぼしき少女が窓に張り付いていた。

今にも泣きそうな表情をしており、その様はまるで夜中に家を追い出されて行く当てもない人のようだ。少し前の見初であれば、慌てて窓を開けて部屋の中に招き入れていただろう。

しかし、時の流れは彼女を成長させていた。

「ぷぅ……？」

白玉も窓を見て不審そうに鳴いている。

だって、どう考えても人間ではなかった。

銀色の髪と袖の短い空色の着物。そういうファッションを好む子という可能性もある。

しかし、ここは島根県出雲市。しかもホテル櫻葉。独自のファッションスタイルを貫く若者よりも、人外が訪れる確率のほうが遥かに高い。

見初は特に動揺する素振りも見せず、窓を開けた。すると、少女が希望を見出したようにハッとした表情になった。

「あ、あのっ、私は砕雪という者でござる！　実は折り入って頼みが――」

「申し訳ありません、この建物の入り口は窓じゃなくて、あの大きな扉があるところの……」

「あそこでござるか？　今誰かが入って行った……」

「そうそう、あそこです。まずはあそこで待っていてください。詳しいお話はその後で聞きますので」

「あ、あい分かった」

砕雪と名乗った少女妖怪は寮の出入り口へと走って行った。それを見届けてから見初はスプーンを片付け、アイスを冷凍庫にしまった。

多分、素直で真面目な性格の妖怪なのかもしれない。

しかし、それでも不法侵入は決して許してはならない。今までは散々許して来たが、そろそろまずい。見初は心を鬼にした。

「へぇ～、甘酒って今は温かくして飲むでござるかぁ」

「飲んだことあるんですか？」

「一度だけ。昔、私の友達が人間に化けて、甘酒がたっぷり入った樽をくすねたことがあったでござる。それを知ったのは皆で分け合って飲んだ後で、そいつは大目玉喰った」

兎のイラストが描かれたマグカップにふうふうと息を吹きかけ、一口飲んだ砕雪は幸せそうに頬を緩めた。

見初が作り置きしていたものなので味もそれなりなのだが、喜んでもらえて何よりである。律儀に寮の入り口で待っていた砕雪へのお礼である。

「それで……砕雪さんはホテルに泊まりに来たのではないのね？」

甘酒を啜りながら永遠子が訊ねた。一人では対応出来ないかもしれないと同席してもらったのだ。

甘酒で至福の時をすごしていた砕雪がその問いに眉尻を下げ、口元に近付けていたマグカップを遠ざけた。

甘い香りが立ち込める室内に、重い空気がのしかかる。同じ妖怪の悩める姿に、白玉も固唾を呑んで見守っていた。

すると、砕雪が突然立ち上がり、見初と永遠子に向かって土下座をした。

「私はもう惨めで辛い思いをしたくないでござる！　だから……どうか人間様のお力を貸していただきたい‼」

「ちょ……どうしたんですか⁉」

「うぅ……うっ、うぅぅ～」

顔を上げさせると、砕雪は号泣していた。自分たちよりも幼い見た目の妖怪が涙を流す姿は、見ているだけで胸が痛む。

「そんなに泣いていたら目が腫れちゃうわよ。はい、これでお顔も拭いて」

永遠子がハンカチで砕雪の涙を拭う。そして、涙を拭った部分を見て「えっ」と悲鳴を上げた。

「永遠子さん？」

「見初ちゃん、ハンカチが凍ってるの……」

「えっ」

ハンカチの生地が固くなっており、触れてみると氷のようにひんやりと冷たい。よく観察してみると、白い霜まで付着している。

「……私には氷を作り出す能力があるのでござる。それで人間様の真似事を行っていた」

驚く見初たちを無視して、砕雪が身の上話を始めた。

「人間様は食べ物を腐りにくくする冷たい箱を持っていて、氷も簡単にたくさん作り出すことが出来るでござる。けれど、妖怪はそうもいかぬ。特に夏場は食べ物がすぐにダメになるし、冷たい水が飲みたくても飲めぬのだ」

「確かに……夏になると暑さが苦手な妖怪がたくさん泊まりに来るかも」

「氷は人間にとっても貴重だったものね。今は冷蔵庫があるし、新鮮な飲み水もすぐに手に入るようになったけど……」

「そこで私は自分で作った氷を売る商売をしているのでござる。商売と言っても、金銭ではなく木の実や魚との交換でござった」

「何だか楽しそうですね」

「その通り！　皆、食べ物と一緒においで腐らないようにしたり、そのまま食べたりしているのでござる！　ただ、それも秋までの話で……」

元気だった声のトーンが突然下がり始める。項垂れた砕雪の膝を、白玉が「元気出しな」と言うように優しく叩いた。

見初たちはここまでの流れで、この妖怪が何を悩んでいるのか見当がついてしまっていた。

「あの……砕雪さん？　ちなみに聞くけど、冬の売上はどんな調子なの？」

二人＋一匹を代表して永遠子が恐る恐る質問すると、砕雪は絶望に染まった顔で首を横に振った。

やっぱりダメか……。見初たちの心が一つになった瞬間だった。

暑いから冷たいものを欲し、寒いから温かいものを欲するのだ。この部屋のように暖房で暖まった部屋だからこそ、冬でも冷たい飲み物やアイスが美味しく感じる。

極寒の寒さに晒される妖怪たちに出来立てほやほやの氷を差し出しても、彼らだって困るはずだ。

冬になれば売上が右肩下がりになるのは当然の帰結と言えよう。

「こうなることは私も承知していた。それに暑い季節になれば、また私を必要としてくれる妖怪たちがたくさんいる。だから寒いこの時季は耐えるしかないと思っていたでござる」

「でも、耐えられなくなったのね……」

永遠子の悲しげな言葉に砕雪は泣きそうな顔をしてから、無理矢理笑みを作った。

「私は冬になれば役立たずとなる。寒い時に氷しか出せない奴なんて、いてもいなくても同じでござろう。……私はそんな自分を変えたいと強く願った」

「そうだったんですね……」

「だが、私にはどうすればいいか考えても考えても思い付かなかった」

「ぷぅ」

「そんな時、ほてる櫻葉という陰陽師集団が出雲にいると耳にした」

「うんん……？」

宿として見做されていない。見初はそこに嫌な予感を覚えた。

「面妖な名前の陰陽師集団は妖怪や神の悩みを聞いて慈悲の心を以て解決し、時には悪い妖怪を祓ってきたとのこと」

妖怪にとって横文字は聞き慣れない単語だ。面妖だと捉えるのは分かるのだが、どう考えても勘違いしている。

「だから冬場の間に出来るような仕事を私に紹介して欲しいでござる！」

「また特大級のお悩みが来てしまった……」

うちはあくまで宿泊施設であり、職業安定所ではない。しかも永続的な就職ではなく、冬だけの短期雇用を要求されている。

「困ったわねぇ……今は空きがないのよ」

美貌を曇らせながら永遠子がため息をつく。

砕雪は妙な下心込みで、このような頼みごとをしてきたわけではない。それは承知しているのだが、こちらも彼女の悩みを解決する術は持たない。

悩み始めた二人を見た砕雪にも、そのことが伝わったのだろう。一瞬目を伏せてから、明るく笑いながら立ち上がった。

「いやー！　すまなかった！　私もこんな無茶なお願いを叶えてくれるとは思っていなかったでござる！　今の話は忘れてくれて構わぬ！」

「これにて失礼！」

「く、砕雪さん……」

「ま、待ってください！」

見初に呼び止められた砕雪が振り返ると、彼女の目は潤んでいた。

自分たちにはどうすることも出来ないかもしれない。だが、このまま放ってはおけなかった。

「あ、あの、ホテルに泊まってみませんか？」

「ほてる……？」

「ホテル櫻葉っていうのは団体名じゃなくて、お宿の名前なんですよ。人間だけじゃなくて、砕雪さんみたいな妖怪とか神様も泊まれるんです」

「そうでござったか⁉　私はなんという勘違いを……！」

「あ、そこは気にしないください。それで……ほら、砕雪さん夏の間ずっと頑張っていたんですよね。自分へのご褒美だと思って、ゆっくり寛いでみたらどうでしょうか？」

美味しいご飯をいっぱい食べて、のんびりすごしてリラックスすれば何かいい考えが生まれるかもしれない。

そんな期待を込めて提案すると、砕雪はまた涙を流しながら何度も頷いた。頬を伝って零れ落ちた涙が、小さな氷の粒となって床に落ちた。

◆◆◆

翌日ホールにやって来た冬緒と顔を合わせるなり、「感動した」と身に覚えのない称賛を受けた。砕雪をホテルまで送り届けた後に書いた交換日記が、彼の心を震わせたらしい。

「お前もすぐに自分の部屋に上がらせないで、入り口から入って来いって言えるようになったんだな。本当に安心した」

「そりゃ私だってやる時はやりますよ」

「やらない時でも防犯意識は高くあって欲しいんだけど……」

冬緒がぶつぶつ呟きながらのっぺい汁を啜る。

のっぺい汁とは主に根菜、肉、油揚げなどの具材を入れ、片栗粉などでとろみをつけた汁物である。寒さが厳しくなってきたこの季節にぴったりなメニューだ。

とろみがついているというだけで特別感がある。そう思いながら見初も汁を啜った。醤油風味の味付けの中に感じる肉と野菜の旨み。

やっぱり寒い時は温かい食べ物……と思ったところで、見初の脳裏に砕雪の姿が浮かぶ。

「…………」

箸を止めてしまった見初に、冬緒が困ったように笑う。

「時町、お前がそんな風に落ち込んでも砕雪って妖怪は喜ばないと思うぞ」

「でも昨日あんなに砕雪さんを助けてあげたいって思っていたのに、その次の日には温かい料理で喜ぶって罪悪感がすごくて」

「それは分かる気がするな……」

自分がとても薄情な人間に感じてしまう。

自己嫌悪に陥る見初の表情に、冬緒が瞼を閉じて唸る。困っている妖怪は助けてあげたいし、好きな女の子が悲しむのも見ていられない。

そんな彼が思い付いたのは、この季節に一番元気そうな妖怪たちのことだった。

「……寒さを苦手としない相手なら、氷を買ってくれるんじゃないのか？」

「と、言いますと？」

「雪神だよ」

「……えぇっ⁉」

まさかの人選。見初の脳裏に蘇るのは、雪凪（ゆきなぎ）という子供とその母親の雪神親子だった。

「今の時期だと雪山にいるんじゃないのか？」

「おぉー……！」

その手があった。ナイスアイディア！　と思うと同時に、一つの疑問が湧いて出た。

「でも、夏ならともかくこの季節に買う理由ってありますかね……」

「ないな……悪い……」

「あ、謝らないでくださいよ。それに着眼点自体はすごくいいですって」

寒いから氷が買われなくなったのである。だったら、極寒の中で暮らす妖怪をターゲットにしてみるのは悪くないはずだ。


そう思っていた自分が馬鹿だったと、見初は後に思い知らされることとなる。


「だ、ダメだったか～……」

その夜、見初は自室で四つん這いで落ち込んでいた。

風来と雷訪（らいほう）、火々知（かがち）や柚枝（ゆえ）に何かいい販売のアイディアがないか聞いてみたのだ。

彼らなら雪の妖怪の好みを知っているかもと期待したものの、結果は風来の元気いっぱいな一言に集約されていた。

――雪神も自分で氷作れるから買わないと思うよ！

だろうな、と思った。あまりにも当たり前のことを見落としていた。

素人にマーケティング戦略など到底無理な話だったのだ。冬緒には本当に申し訳ないのだが、別の客層を狙った方がいいかもしれない。

そう考えていると、ドアをノックする音が聞こえた。

「はーい！　どなたですかー？」

『桃山(ももやま)だ……』

意外な人物だった。ドアを開けると、いつも通りの桃山が立っていた。

「こんばんは、桃山さん」

「夜分遅くすまない……聞きたいことがある……」

「何でしょう？」

「雪山で暮らす妖怪か神が……泊まりに来たのか……？」

これまた意外な質問だった。

どうやら冷たい料理ばかりを頼む客がレストランに来たので、気になったらしい。ホテル櫻葉では様々な客に合わせたメニューを取り揃えている。

冬であっても、熱い料理を苦手とする客は一定数存在するものだ。好き嫌いではなく、食べられるか、食べられないかの話である。

雪凪は平気な様子だったが、熱い汁物を食べただけで溶けて水になってしまう者もいるらしい。ナメクジか！　と初めて知った時は突っ込みそうになった。

だが人間だって、食物アレルギーが重症化して命を落としかける場合がある。彼らにとっては大事なことなのだ。

桃山の問いに、見初は思い当たる節が一つだけあった。

「雪山で暮らしているわけではないと思いますけど、氷が好きそうなお客様はいらっしゃいますよ。でも……わざわざ聞きに来るなんて何かありましたか？」

まさか砕雪がレストランで問題を起こしたのだろうか。そんなことをするようには見えないのだが……。

「違う……ただ、食事中ずっと泣いていたと海帆（みほ）から……聞いた……」

「そうだったんですか……」

美味しい料理を食べても、彼女の心は晴れなかったようだ。もしかして引き留めて半ば強引にホテルに泊まらせたのは逆効果だったかも、と表情を曇らせる見初に桃山が「何かあったのか……？」と聞いた。

「実は……」

これこれこういうわけで。砕雪がここにやって来た理由を見初が説明すると、桃山は僅かだが不思議そうな顔をした。

「氷が売れない……ということか……？」

「そうなんですよ。唯一、いけそうな雪神様も自分で氷を作れるって話でして」

「ただの氷は……売れない……」

「ですよねぇ」

「氷を……雪神でも作れないものにすれば……いい……」

砕雪の力になれないと落ち込む見初だったが、桃山は含みのある物言いをする。

「ど、どういうことですか？」

「雪神は……滅多に人里には降りてこない……だから人の手が加えられた食べ物を……非常に珍しがっている……特に菓子系が好物だそうだ……」

「じゃあ、氷でお菓子を作るってことですね。だけど、そういうお菓子かぁ……」

見初の頭の中に氷の塊が出現する。これを使って美味しいお菓子に改造。

氷……甘い……氷……お菓子……。

昨夜、冷凍庫に再び封印された存在を思い出し、見初は閃いたと両手を叩いた。

「アイスクリームとかいいかもしれませんね！」

「妖怪が作るには……材料を揃えるのもレシピも……難しい……」

「となると……」

悩んでいると部屋から爆裂音が聞こえてきた。桃山の肩がびくっと震えた。無表情だが、明らかに驚いている。

音の出所はテレビからだった。リモコンを持った白玉が、口をぽかーんと開けて固まっている。

テレビでは花火特集が放映されており、凄まじい爆裂音を響かせていた。

「あわわわわ」

急いでリモコンを回収し、最大になっていた音量を下げる。

白玉は花火の音があまり好きではない。テレビに映っている時は見初が音を下げているのだが、それを真似しようとした。

そして、逆に上げてしまった。そんなところだろう。

「し、白玉、大丈夫……？」

「ぷ……」

放心状態。その姿が可哀想すぎて怒るに怒れない。見初は白玉の頭を撫でながら、部屋の前に立っている桃山に「すみませんでしたー！」と謝った。

テレビでは相変わらず花火が乱れ打ちされている。夜空に咲き誇る光の花。綺麗だなと思っていた見初だったが、その光景は一つのアイディアを生み出してくれた。

「桃山さん、アイスクリームより作りやすそうな冷たいお菓子が一つありましたよ！」

◆◆◆

夜勤スタッフに許可をもらい、砕雪が泊まる部屋を訪れると部屋の中はジャンクフードの匂いがした。ルームサービスでフライ類を注文したらしい。その傍(かたわ)らには炭酸ジュース。

レストランで泣いていたと聞いた時はどうしようと不安だったが、結構満喫していた。

「この芋はどうやったらこんなに美味しくなるでござるか⁉ 外はカリカリ中はサクサク、ほんのりとした塩味。鶏肉も肉汁がすごい！ あと、この血で作ったタレも酸っぱくて美味しい。誰の血でござるか？」

「それはトマトソースです！」

そんな吸血鬼にしか需要がなさそうな血腥(ちなまぐさ)いソースなんて使っていない。とはいえ、妖怪にとってトマトはあまり馴染みがない野菜だ。赤いソース＝血という認識だったとしても無理はない。

「あの、お仕事のお話なんですけど……砕雪さんって氷をどうやって作ってますか？」

「ん？ では、ちょっとお見せするとしよう」

トマトソースで汚れた口元をナプキンで拭いてから、砕雪は自らの掌に息を吹きかけた。

すると小さな氷の結晶が現れ、それが徐々に大きくなっていく。一分も経たないうちに西瓜サイズの氷の塊が出来上がっていた。

「お、大きいですね！」

「皆このくらい欲しがるでござる」

「たとえば、これをこまかーくすることは……」

「そんなの朝飯前！」

　砕雪の目が青く発光した直後、氷塊が上の部分からさらさらと粉状に変化していく。透明感のあった氷が巨大な雪玉となっていた。

「けど、これを何に使うでござる？　このまま放置していたら、すぐに溶けてしまう」

「使うんじゃなくて雪神様たちに召し上がってもらうんです」

「雪神に？　だが、氷なんて普通に自分たちで用意出来てしまう」

　粉雪と化した氷を見ながら怪訝そうにしている砕雪に、見初がこう問いかける。

「砕雪さんはかき氷を知ってますか？」

「牡蠣氷？　美味そうでござる！　海の牛乳と聞いたことがあるでござる！」

「あ、そっちの牡蠣じゃないんです。果物の柿とも違います」

　かき氷の語源には諸説あって、有力なのは欠けた氷で『欠き氷』らしい。

　しかし、削り氷なるものが平安時代にあったとされており、古くから日本に存在していたようだ。その頃は甘いものも氷も貴重だったので、口に出来るのはごく一部の人間だったが。

牡蠣氷ではなく、欠き氷の方だと理解した砕雪は、何故か険しい顔付きになっていった。

「そういえば、そんなものもあったでござるな……」

「試してみませんか？」

「それはつまり私の氷を甘く味付けするということでござるか？」

「そうなります、けど……」

砕雪はあまり気が乗らないようで、腕を組むと静かになってしまった。

「私の氷はこのまま食べても十分美味だ。だから味付けをすることにちょっと抵抗があるのだが……」

申し訳なさそうに眉を下げて言う砕雪の気持ちは見初も理解出来た。自分の氷に誇りを持っているからこそ、それを商品として扱っているのだ。

甘くして売ってみようという案は、彼女の自尊心を傷付けてしまったに違いない。

他の方法を考えよう。見初がそう思った瞬間、砕雪がぶんぶんと音が出る程の勢いと速度で首を横に振った。

「いやいやいや！　見初さんが私のために一生懸命考えてくれているのだぞ！」

「砕雪さん？」

「私の氷で最高のかき氷を作ってみせるでござる！」

声高らかに宣言する砕雪からは並々ならぬ熱意が伝わって来る。彼女が作った氷も溶けてしまいそうだ。

「いいんですか？」

「こんなに人間様のお世話になっているのに、氷に味付けをするのは嫌だなんて虫が良すぎる話でござろう！」

砕雪の目には迷いがなかった。彼女も覚悟を決めてくれたらしい。

善は急げだ。早速かき氷作りを始めることになったのだが、その前に砕雪が頼んだフライセットを二人で協力して急いで食べた。揚げ物は揚げたばかりが美味しいのだ。

◆　◆　◆

流石に従業員以外に厨房を使わせるわけにはいかないので、砕雪を連れて行ったのは寮の厨房だった。そこで見慣れた後ろ姿を見掛け、見初は声をかけた。

「桃山さんですか？」

「時町……隣にいるのが例の妖怪か……」

「はい、砕雪さんです！」

「見初さん、このガタイのいい人は歴戦の陰陽師でござるか⁉　それっぽい雰囲気が漂っているではないか！」

桃山と初対面を果たした砕雪が興奮気味に聞いて来る。確かに桃山は多くの死線を潜り抜けてきたが、彼の戦場は厨房である。

「砕雪さん、この人は桃山さんといって、ホテルの料理長なんですよ」

「それはまことか？　とても美味だったでござる！」

「そう言ってもらえて……嬉しい……」

両者で頭を下げ合っている。

「桃山さんが氷でお菓子を作ってみればいいんじゃないかって言ってくれたんですよ」

「左様でござるか……」

「ちょうど……シロップを作ってみた……よかったらそれで試すといい……」

わざわざ作ってくれたらしい。鍋の中には蜜色のシロップが出来上がっており、甘い香りが厨房に立ち込めていた。材料の調達と作りやすさを考慮して、シンプルなみぞれ味にしたようだ。

夏が終わって以来、出番が消えた底の深い透明な硝子製の器を用意する。先程のように細かくした氷をふんわりと盛り付けていく。

真冬にどうしてかき氷を……？　と一瞬疑問を抱きそうになるが、これも砕雪のためである。

盛られた氷はひんやりとした空気を纏(まと)っていた。

夏祭りの屋台などで売っているようなものと違い、全体的に細かく砕かれているせいか、ふんわりとした質感だ。息を吹きかけたら、雪のように舞い上がりそうである。

そこに熱を取ったシロップをそっとかけていく。

蜜色に染まる氷。山の頂上部分は少し溶けてしまった。見た目通りの繊細さである。

「うわぁぁぁ〜〜……！」

見初と砕雪は感嘆の声を上げた。粉々にした氷に、砂糖を煮詰めた水をかけただけなのにどうしてこんなに美味しそうなのだろう。

早く食べてみたい。そう思うのだが、最初に味見をするのは料理長だ。小皿に取り分けたかき氷を桃山が試食する。

「……………」

「ど、どうですか桃山さん？」

「うぅ……人間に氷を食べさせるのは初めてだから緊張するでござる……」

「……………」

桃山は黙り込んだままだった。それから一分、二分と時が流れていく。その能面のような表情からは何も読み取れない。

砕雪が不安げに見初の服の裾を握っている。見初もここまでジャッジに時間がかかると思っていなかったので、ただ砕雪の背中を擦ることしか出来ずにいた。

桃山がようやく口を開いたのは、時計の秒針が四周してからだった。

「今までに……食べたことのない……味だ……」

「ヒュッ」

ぽつりと呟かれた言葉を聞いた途端、砕雪から妙な呼吸音が聞こえた。

「大丈夫ですから砕雪さん」

「で、でも、美味しくなさそうな顔してる」

砕雪が泣きそうになっている。

「これがいつもの桃山さんですから」

桃山がどのような人物か詳しくない者は、彼の反応をネガティブなものと捉えるだろう。

見初は半泣きの砕雪を落ち着かせようとした。

「かき氷の中の……かき氷だ……」

「桃山さん？」

「こんなに美味しいかき氷を食べられたことを……光栄に思う……」

「や、やりましたよ砕雪さん！　百点満点です‼」

これは最上級の褒め言葉である。感動が大きく、砕雪だけではなく見初まで目を潤ませてしまう。

「これは……」

「やった……やったでござるよ、見初さん！」

「おめでとうございます砕雪さん！」

まるで大学受験に合格した娘とそれを喜ぶ母親の図だ。砕雪を試験する側だった桃山も拍手で祝福している。

「二人も……食べてみるといい……」

「はい！」

シロップがかかった部分を二枚の小皿に盛り付け、片方を砕雪に渡す。

では、いただきます。見初はスプーンに山盛りにした氷を一気に頬張った。

「……んん⁉」

その時、見初に衝撃が走った。

氷を細かく砕いただけなのに、驚きの柔らかさだった。今流行りのふわふわかき氷をまさか味わえると思わなかった。

天然水を薄く削った氷だと柔らかい仕上がりとなり、優しい口溶けになるらしいのだが、まさにそれだ。

くどさのないみぞれシロップのおかげで飽きが来ないため、いくらでも食べられそうだ。

今、氷を食べているはずなのに、まるで高級アイスを食べているような錯覚すら覚えてしまう。

「これは美味い！　このタレも甘いが、砕いた氷がこんなにふわふわしているなんて初めて知ったでござる！」

「この状態では食べたことがなかったんですか？」

「私も皆も雪なんて冬になればたらふく食えるからと、そのまま氷をガリゴリ食べていた。この状態のを欲しがるのは、中に生ものを埋めて保存する奴くらいでござった」

「これ雪と全然違うし、こっちのほうが絶対美味しいのでは？」

小学生の頃、親に内緒で庭に積もった雪を食べた経験のある見初には、違いがよく分かる。これは雪と同一視するべきではない。美味しく食べるための氷だ。

「俺も……柔らかいかき氷は……たくさん食べてきた……だが……ここまでふんわりしているかき氷は……初めてだ……」

「これなら雪神様にも喜んでもらえますよ！」

「雪神どころか色んな妖怪たちに喜んでもらえると思うでござるな。このタレも、女神様が氷と交換でくれる花の蜜や樹液を代わりに使えば……」

シロップもどうにかなりそうだ。というより、花の蜜や樹液がどんな味がするのか見初には気になった。

かき氷はあっという間に完食した。主に見初がおかわりを連発していた。

「見初さん、大丈夫でござる？　さっきもあんなに揚げ物を食べてたのに……」

「甘い物は別腹ですから。それに全然飽きが来ないくらい美味しいですし」

大半が水分なので体重には影響しないだろう。そう願いたい。

「見初さん、桃山さん。こんな私に協力してくれたこと、深く感謝いたす」

「私は何もしてませんよ。雪神様のことも氷でお菓子を作ることも私が言い出したんじゃありませんし」

「だが、何か礼をさせてはくれぬか！」

「え、こんなに美味しいかき氷をたらふく食べさせてもらえただけで、もうお礼と言うか……」

「いーや！　きっちりさせてくれ！　このまま何もしないで帰ることなんて出来ぬ！」

これはお礼をしてもらわなければ引き下がってくれそうにない。何だったらかき氷を作ると決意した時よりも気合が入っている。

「じゃ、じゃあ、桃山さんに私の分までお礼をしてもらえますか？　こうしてシロップを作ってもらいましたし」

かき氷と言えば真っ赤な苺シロップや緑色のメロンシロップだと思っていたが、淡い色合いのほうが氷の白さが映えるというもの。桃山はその辺りも考慮してくれたに違いない。

「時町……いいのか……」

「はい、どうぞどうぞ！」

見初も桃山にはたまに新作の試食をさせてもらっているのだ。その感謝も含まれている。

「あい分かった。桃山さん、ちょっとだけひんやりするでござるよー」

砕雪は背伸びをして桃山の額に手を翳(かざ)そうとした……が、それでも届かなかったので桃山に屈(かが)んでもらった。

「ほいっと」

桃山の額に白い陣のようなものが浮かび上がり、皮膚の下に吸い込まれるように消えていった。

「砕雪さん、今のって……」

「おまじないみたいなものでござる」

詳細を語ってくれないところに一抹の不安を感じるものの、悪いようにはならないだろう。明日早速雪山に行ってみると張り切る砕雪に、見初と桃山は再び拍手を送った。

◆　◆　◆

その翌日、見初はドアを何度も叩く音で目が覚めた。白玉と共に飛び起きてパジャマ姿のままドアを開けた。すると、そこには血相を変えた冬緒と永遠子の姿が。

「何かあったんですか⁉」

「大変なのよ、見初ちゃん！　桃山さんが……！」

「桃山さんが？」

砕雪さんのおまじないがやらかしたか、そのおまじないの効果がなく何かが起こったか。どっちだと身構える見初に、冬緒がひどく狼狽えた様子で口を開く。

「う、腕……」

「腕？」

「桃山さんが腕だけの霊に取り憑かれてる……」

蚊の鳴くような声で告げられた情報は、想定以上の衝撃を見初に齎した。

全速力でホテルの厨房に向かうと、中から「ギャー」という悲鳴が聞こえて来た。恐らくあれは海帆だ。入り口では風来と雷訪が震えている。

「桃山おじちゃんどうしたんだろ……」

「一体何が起こったというのでしょう……」

井戸端会議に出席する主婦のように、ひそひそと話す二匹を通りすぎて厨房に入る。本来の腕とは別に透明感溢れる腕をもう二本生やした男が、リズミカルに材料を切る姿が見えた。

「も、桃山さん……!?」

「時町か……」

見初の呼びかけに振り向いた桃山はいつもの桃山だった。氷で出来た腕が彼の傍らにふよふよと浮いていなければ。

腕はゴツい仕上がりとなっており、そのためか威圧感が普段の倍以上になっている。

謎のパーツを得た桃山の姿にどうにか平静を保ちながら、見初は震える声で問いかけた。

「どうしてそんなことになっちゃったんですか……」

「朝起きたら……側で浮いていた……俺の意思に合わせて動かせる……」

そう答えながら、桃山は氷の腕で包丁とお玉を握った。何かインド神話にこういう神様がいたような。

さらに順応力が高い。起床後数時間で既に使いこなしており、桃山もお気に召した様子だった。

だが、この由々しき事態を放置しておくわけにはいかなかった。特に見初は背中の汗が止まらない。

氷の腕……まさか……。

冬緒たちが何があったのかと頭を悩ませる中、見初は厨房をそっと抜け出した。

「あっ、桃山さん『腕』喜んでくれてたでござるか？」

悪意ゼロの笑顔で砕雪にそう聞かれ、見初は「はい……」と答えた。だが見初の困惑を悟ったのか、何かあったのか訊ねてきた。

なので、厨房が大パニックになっていると遠回しに伝えると砕雪は青ざめた。

「ダ、ダメだったでござるか……⁉」

「桃山さんが便利そうにしていたので、本人は大満足だと思います」

「左様か！　それはよかった！」

多分よくない。というより。

「もしかしたら私もおまじないをかけてもらっていたら、腕を二本もらうことになっていたんですか？」

「？　一本でござるよ？」

砕雪が首を傾げた。

「見初さんの分もおまじないをかけたから、二本でござる」

「一人につき一本⁉」

そこはおまけして二本にして欲しかった。

「一本だけ浮かんでいたら薄気味悪くて呪いの類いだと思われるかと……」

「すまぬ……」

「あの氷はあのままなんですか？」

「うむ、一週間程度で溶ける」

見初は安堵した。流石妖怪が作り出した氷だ、溶けるのに多少時間を要するが永続的なおまじないではなかった。

「でも、迷惑をかけてしまったみたいなので謝罪せねば……」

「それは私が頭を下げるので大丈夫です」

「み、見初さんは何も悪くないでござろう⁉」

「いいえ、もっとおまじないの効果を聞かなかった私に非がありますので……」

あの場で一番しっかりしていなければならなかったのは見初なのだ。永遠子たちには後でしっかりと事情を説明しなければならない。

「うぅ……見初さんには何から何までお世話になってしまっている。やっぱり見初さんにもおまじないを……」

「そ、そんなことより、雪山に行かれるんですよね？　頑張ってください！」

見初にはあの腕と一週間も付き合っていく度胸はない。砕雪には申し訳ないのだが、さりげなく話題を逸らす。

「出雲の山は初めて登るからちょっと緊張するでござるな」

「ちなみにどちらへ？」

「うーんと……確か……」

砕雪が答えた山の名前に見初は聞き覚えがあった。つい最近聞いたような……。

「すみません、砕雪さん。一つお願いがあるんですけど、いいでしょうか……？」

「見初さんのお願いなら何でも聞くでござるよ！」

「ありがとうございます。実はうちの従業員を一緒に連れて行って欲しいんです」

柚枝が今から砕雪が向かう山に行きたいと話していたのだ。その山にしか自生していない花があるらしく、それを見たいのだという。

だが、雪神がたくさんいるので怖くて近寄りづらいと言っていたのだ。砕雪となら行けるかもしれない。

「了解した！　一人で山を登るのは寂しいから、私も嬉しいでござるよ！」

砕雪は大きく頷きながら快諾してくれた。

「柚枝さんも山神でござったか。最初に会った時から普通の妖怪より霊力が強いなとは思ったが」
「だけど、砕雪様もすごい方です。そんな方とご一緒させていただけてとても嬉しいです」
砕雪と柚枝、二人の雪山登山は穏やかな雰囲気で行われていた。朝から大雪が降っており、それによって行く手を阻まれる……こともなく、順調に進んでいる。

雪は傘のおかげである程度防げていた。出発前、窓の外を見た見初が急遽二人分用意したのだ。

「ほてる櫻葉の人たちは皆優しいでござるなぁ」

「はい。私も皆さんに助けてもらってこうして働かせてもらっているんですよ」

「……いいなぁ」

吹雪に掻き消されそうな静かな呟きだった。彼女の横顔を見詰め、柚枝が逡巡しながらも声をかける。

「砕雪様にはご友人がいらっしゃらないのですか……？」

「そんなことはないでござる。うちの山にはたくさん妖怪がいて、皆友達同士でござった。冬になると役立たずになる私なんかにも優しくしてくれたでござる」

「え？」

「私は氷を作り出すこと以外能がない。木登りも出来ず、動物を狩ることも出来ない。泳ぎだって下手で、足だって遅い。……だから私は氷を売って、代わりに食べ物をもらっていたでござる。だから、氷が売れない寒い季節は、秋のうちに蓄えていたものを少しずつ食べていたのでござる」

砕雪が立ち止まり、柚枝に笑いかける。

「でも、今棲んでいる山の皆は優しい。春になるまで待つだけの私に食べ物を分けてくれる」

「とっても優しい方々ですね」

「申し訳ないと思うくらい優しいでござる。だからもう皆に迷惑をかけたくない」

「それで山を出て来てお仕事を探していたんですね……」

「あ！　柚枝さん、あそこを見るでござる！」

「あそこ……ひゃっ」

前方に視線を向けて数秒で、柚枝は砕雪の背後に隠れた。

雪化粧された木々の隙間で白い塊が蠢いているのを目撃してしまった。

雪山に棲む雪神だ。しかし、白い体毛に覆われたその姿は、人間が見ればイエティの集団を彷彿させる迫力を持つ。

自分が守っていた山には雪神がいなかった柚枝にとっても恐ろしい存在だ。何か粗相をやらかして彼らの怒りを買ったら最後、取って喰われるかもしれない。

「ひゃあああ……お、大きいぃぃ……」

「柚枝さん大丈夫でござるか」

「はい……」

「私も雪神は初めて見るでござるなぁ」

砕雪は柚枝を安心させるように明るい口調で言った。その言葉を聞いた柚枝は何故か砕雪をじぃっと見詰めた。

「どうしたっすか、柚枝さん」

「えっと……気付いていらっしゃらないんですか？」

「？」

「い、いえ！　そうですよね、見た目はちょっと怖そうですけど、きっと砕雪様みたいに優しい方々で……」

その瞬間、柚枝は頭の中が真っ白になった。砕雪の背後に雪神が一体聳（そび）え立っていたのだ。吹雪に紛れて接近していたようだ。

言葉を失う柚枝に、砕雪は不思議そうに後ろを振り向いた。

白い毛玉の中央に目玉らしき丸い物体が二人の侵入者を凝視している。

「私は砕雪という者だ。こちらは柚枝さん。今日は雪神の貴方様にお願いがあって参上した！」

「侵入者は死ね」

相互理解など到底望めない第一声だった。

「先程は申し訳なかった。まさかほてる櫻葉の者だとは思わなかったのだ」

山の最奥部にはかまくらが聳えていた。どうやら人の目に留まらないよう、まやかしの術を使ってその存在を隠しているらしい。

砕雪と柚枝はその中で雪神から謝罪を受けていた。

「大丈夫でござる。突然知らない奴らが来たら誰でも警戒するでござろう」

「は、はい……！」

頷きながらも、柚枝は砕雪にしがみついていた。

「ほてる櫻葉には他の山にいる雪神の子が世話になったという。最大限のもてなしをしたいところなのだが……」

「だったら柚枝さんにこの山にしか生えていないお花を見せてあげて欲しいでござる」

「む、そんな簡単なことでよいのか？」

「その代わり、私の作るかき氷というお菓子を食べてもらいたい」

お菓子。雪神は興味を持ったのか、砕雪ににじり寄って質問をした。

「かき氷とな。それはどのようなものだ？」

「人間様のお菓子で、削ってふわふわの氷に甘いタレをかけたものでござる」

「氷か……」

雪神の声には落胆が滲んでいた。しかし、それに臆することなく砕雪は頭を下げた。

「後悔はさせせぬ。どうか、一口だけでも私の氷を食べていただきたい」

「わ、私からもお願いします！」

柚枝も頭を下げる。その光景を見た長からは小さな笑い声が漏れた。

「是非いただくとしよう」

氷で作った器に砕いた氷を盛り付けていく。そこに予め作っておいたシロップをそっと垂らす。黙々と作業を続ける砕雪の姿を雪神が眺めている。

柚枝は固唾を呑んで見守っていた。見初の分まで、しっかり見届けなければと真剣な面持ちだ。

「よし……完成したでござる」

匙も氷製だ。普通の妖怪であれば冷たくて長時間握っていられないが、氷と雪の神であれば問題ない。

雪神は氷の山を暫し眺めた後、匙で氷を掬って体毛の中に突っ込んだ。その部分に口があるらしい。

「甘い……氷が甘い……！」

最初に上がったのは感嘆の声だった。

「甘いだけじゃない。氷が雪よりも柔らかい！」

「喜んでいただけてありがたい！」

「これが人間の生んだ氷菓子か……このような氷を食べたのは初めてだ」

かなりの高評価である。砕雪と柚枝は顔を見合わせて安堵の笑みを浮かべた。

「これで見初さんと桃山さんにいい報告が出来そうでござる！」

「……何だと？」

雪神の声が低くなった。何か、不穏な空気を感じて柚枝は背筋を震わせた。

「お前をこの山から帰すとでも思っているのか」

「え？　何言っているでござる？」

「人間の作る菓子がまさかこれほどまでに美味とは……お前をここで帰してしまえば、それを手放すことになってしまう……」

雪神が何やらぶつぶつと呟き始める。その不穏な様子を見た砕雪は表情を強張（こわば）らせ、慌てて柚枝の手を握った。

「か、帰るでござるよ、柚枝さん！　お花は他の山でも見られると思う！」

「はい……！」

このままこの地に留まるつもりは毛頭ない。砕雪は柚枝を連れてかまくらを出ようとするが、二人の目の前に雪神が回り込んでいた。

「そこを通して欲しいのだが！」

「ダメだ。お前は一生私のために氷菓子を作り続けろ」

「い、一生は嫌でござる！　それに私だけじゃかき氷は作れぬ！　砂糖とか蜜がなければ……」

どうにか諦めてもらおうと砕雪が説得を試みるが、それは失敗に終わった。雪神が値踏みするような眼差しを柚枝に向けたのだ。

「だったら、この妖怪が花を生やして蜜を作り出せばいい。こいつからは山神の匂いがする。そのくらいのことは出来るだろう」

「ひ……っ！」

雪神の巨大な手が砕雪と柚枝に伸ばされる。恐怖のあまり、柚枝は悲鳴を上げることすら出来なかった。

二人が向かったのは確かここだったはず。薄闇の中、見初は雪に覆われた山を見上げていた。

いつまでも帰って来ない砕雪と柚枝が心配になって訪れてみたのだ。その隣では桃山が山をじっと見上げている。彼の傍らには勿論氷の腕が浮遊している。

どうやらこの腕、妖怪や幽霊が見えない人には見えないようで、この状態で出雲の町を歩いていても悪目立ちすることはなかった。

しかし途中、飼い主と散歩中のポメラニアンが、歯茎を剥き出しにして桃山に吠えかかっていた。動物の勘は侮れない。

「ありがとうございます桃山さん。一緒に来てくれて」

「砕雪に菓子を作れと言ったのは……俺だ……何かあれば俺の責任だ……」

「いや、もうほんと何から何まですみません……」

ホテル櫻葉の面々に砕雪のおまじないの件が露見することはなかった。

桃山が昨晩雪だるまがやって来て、不思議な術をかけられたと説明していたのである。

皆もそれで納得してしまい、見初が全てを打ち明ける前に話が終わってしまっていた。

柳村（やなむら）の「多分一週間で溶けるでしょうから仲良くしてあげてください」という、のほほんとしたアドバイスも効いたと思われる。

しかし、砕雪が一向に戻って来ない。彼女一人であれば、寄り道しているのかもと呑気に構えていられるのだが、柚枝も同行しているのだ。

特に門限が設けられているわけではないのだが、火々知や獣二匹に比べるとまだまだ人の世に疎い彼女が帰って来ないのは些（いささ）か不安だ。

「まさか遭難しているとかはない……ですよね……？」

さほど標高の高くない山だ。それに片や元山神、片や氷を操る妖怪。アクシデントに見舞われる確率は低い。

もしかしたら既にこの山を立ち去った後という可能性もある。

「柚枝は……スマートフォンを持っていないのか……」

「お部屋に置いて行っちゃったみたいで」

雪に濡れて故障するのを恐れたためかもしれない。しかし、緊急時の連絡手段を置いて行かれるのはちょっと。

山にいるかだけでも確かめたいのだが、人間だけで夜の雪山に登るのは危険だ。命に関わる。

「こんなことなら風来と雷訪に来てもらえばよかったですね……」

「…………」

「桃山さん？」

見初の言葉に相槌を打つことなく、桃山が神妙な面持ちである一点を注視している。彼の視線を追いかけてみたものの、見初には何も見えない。

「……ん？」

風の音に紛れて甲高い少女の声が、雪で閉ざされた山の奥から聞こえる。一般人がこんな場面に居合わせたら恐怖で腰を抜かすだろう。

見初も表情を強張らせた。その声に心当たりがあったし、どんどんボリュームが大きくなっているのだ。

いや、音量が大きくなっているのではなく、こちらへと近付いて来ていた。

「いやぁぁぁ……！」

「柚枝様⁉」

見付かったはいいのだが、明らかに無事ではなかった。それに声だけではなく、ドスドスと足音も近付いていた。

熊。見初の脳裏で獰猛な肉食獣が柚枝を追いかけ回す光景が繰り広げられる。

「ど、どうしましょう、桃山さん！　く、熊がいるかもですよ⁉」

「熊は……冬眠しているはずだ……」

「でも、何かの拍子で起きて柚枝様を襲っているんじゃ……」

数々の妖怪と対峙してきた見初も、興奮状態の野生動物相手には無力である。身構えていると山から何かが飛び出し、見初の懐にダイブしてきた。

「熊ぁぁぁ‼」

喰われる。覚悟を決めた見初だったが、熊にしてはあまりにも小さすぎる。しかも軽い。

小刻みに震えながらしがみつくそれは柚枝だった。

「柚枝様……！」

「見初様～！　も、もう二度と会えないかと思いました……！」

泣きじゃくる柚枝だったが、どこかを怪我している様子はない。ただし、渡したはずの傘を持っておらず、山中を駆け回ったのか髪が乱れている。

それに砕雪の姿がない。

「砕雪さんはどうしたんですか？」

「砕雪様は私を逃がしてくれて……でも、見付かって追いかけられて……！」

「え、ええ……⁉」

パニックになっているようで状況が飲み込めない。砕雪の安否も気がかりだが、ここにいては追っ手もやって来てしまう。ひとまず柚枝を抱えたまま、見初はその場から逃げようとした。

だが、それを阻止するかのように山から巨体が飛び出してきた。今度こそ熊だと絶望した見初だったが、一見するとそれは巨大な白毛玉にしか見えなかった。ホッキョクグマは日本に生息していない。

そして、その姿には見覚えがあった。

「雪神⁉」

「む、貴様らはもしやほてる櫻葉の人間どもか……？」

「は、はい。あの、この子が何かしたのでしょうか……？」

まあ、やらかしたのは砕雪のような気がするが。

「私は砕雪という妖怪が作る氷の菓子が気に入った。それを私の下で一生作らせるためにも、その娘も必要なのだ」

「事案だ！」

どちらが何をやらかしたとかそういう問題ではなかった。あえて言うなら、最初にこの傍若無人が棲む山を選んでしまった運の悪さか。

甘い物と無縁の生活を送っていた者が、突然お菓子を食べて衝撃を受けたのは分かる。ずっと食べていたいという強欲に目覚めるのも無理はない。

だがしかし、それを満たすためにその作り手を監禁するのはいただけない。

「柚枝様はうちの従業員だからお断りします！」

「人間如きが神に逆らおうと言うのか？　だったら貴様ごと氷漬けに……」

雪神が不穏な発言をしようとした時である。桃山が二人を守るように見初の前に立った。

「時町……逃げろ……ここは俺が何とかする……」

「そんな無茶ですよ！」

戦闘能力がゼロに等しい料理長が、強欲に染まった神に太刀打ち出来るはずがない。返り討ちに遭うのが関の山だ。だったら見初が触覚の力を使ってこの場を切り抜けることを考えたほうがいい。

「どけ、大して霊力を持たぬ人間が私に敵うと思ってグフッ」

雪神の忠言は最後の辺りで本人の呻き声に掻き消された。

一体何が。雪神が突如後ろに吹っ飛ばされたのだ。桃山は指一本たりとも動かしていない。

ただし、彼に取り憑いていた氷の腕がファイティングポーズを決めていた。

「き、貴様、その腕は一体何オグゥッ」

起き上がろうとした雪神に、右腕が強烈なストレートを叩き込む。

「おのれ、そんなものへし折ってギャフッ」

若干ふらつきながら突進してきた雪神に、今度は左腕が華麗なアッパーカットを決めた。あまりにも一方的な展開に、雪神に対する脅威も次第に薄れていく。砕雪がかけたおまじないがまさかこのような形で役立つとは。

「す、すごい……」

「くそ！　だが、まあいい！　あの氷の妖怪さえいれば……！」

鼻血を流しているのか、白い毛を赤く汚しながら雪神が山の中へ走り出した。

「砕雪さんを返せー！」

「砕雪さんは私を助けてくれました！　今度は私が助ける番です！」

見初たちもその後を追いかける。桃山にはホテル櫻葉に連絡をしてもらうため、残ってもらった。

「な、何だあの人間どもは……！　たかが妖怪一匹のためにどうして追いかけてくる⁉」

「砕雪さんはうちのお客様です！」

見初たちと雪神との距離はどんどん縮まっていた。見た目通りの足の遅さである。

見初の手が雪神の体毛を鷲掴みにしようとした時だった。

「あれー？　見初さんではござらぬかー！」

雪神の前方から軽快な足取りでこちらに向かってくる銀髪の少女。

捕まっているはずの砕雪だった。

「何故貴様まで抜け出している⁉」

雪神も仰天のあまり、その場に立ち止まってしまった。

「柚枝様たちはどんな感じで捕まっていたんですか……？」

「氷の籠みたいな場所に閉じ込められていたんですけど、砕雪様が氷を砕いて私が抜け出せるように穴を作ってくれました」

「じゃあ、砕雪さんもその後で自分が抜け出す穴を作ったのかな……」

氷を操る妖怪を氷で閉じ込めるという点に詰めの甘さを感じる。

「自分の氷以外は砕くのに時間がかかって大変だったでござるよ～」

「そ、それでも逃げられたようでよかったです……」

「く……っ、まだだ！」

雪神がそう叫んだ途端、雪神を中心に吹雪が吹き荒れた。

「うわっ……」

その激しさに見初たちが瞼を閉じたのを雪神は見逃さなかった。

雪神が襲いかかったのは見初だった。

「貴様を人質にしてしまえば、あの妖怪どもも言うことを聞くはずだ」

最後の悪足掻きは卑怯の一言だった。見初が瞼を開いた時、眼前には雪神が迫っていた。

「何か妙な力を持っているようだが、所詮は人間だ。氷漬けにしてやる！」

「痛……っ！」

毛で覆われた手で腕を掴まれ、無理矢理雪神の方へと引っ張られる。痛みに顔を歪めた瞬間、翡翠色に輝く光の粒子が見初と雪神の体を包み込んだ。

触覚の力だ。無意識に発動したとはいえ、これで助かったのかもしれないと見初が安心した時だった。

「ぐ……あああ⁉」

雪神から苦悶の声が上がる。その光景を目の当たりにした見初は息を呑んだ。これまでとは何かが違う。そう直感した。

「ぜ、全身が痛い……何だこれは……⁉」

「痛い？　私の力は痛みを与えるものなんかじゃ……」

人間ではないモノの力や心を操るのが四季神の能力だ。このように痛めつけるようなものではなかったはず。

だが、光に包まれた雪神は激しい痛みを訴えている。その異様な光景に見初が呆然としていると、「やめてください！」と誰かを制止する柚枝の声が聞こえた。

そうだ。今すぐに手を離さなければ。我に返った見初だったが、柚枝が止めているのはこちらではなかった。

「私の恩人によくも……許せぬ……許せぬ……」

「砕雪様、どうか落ち着いてください！」

俯き、ぶつぶつと呟き続ける砕雪の体からは冷たい風が吹き荒れていた。

とても嫌な予感がする。見初も駆け寄ろうとするが、未だに雪神に掴まれているため離れることが出来ない。

「離してください！　この手を離せば多分あなたも痛くなくなると思いますから……」

「出来ない！」

苦しげな声で雪神は答えた。それを聞いた見初は目尻を吊り上げた。

「ここまで来たらかき氷なんてどうでもいいじゃないですか！」

「違う！　離したくても、うっ、あっ、あああ‼」

雪神の体が透け始めている。消滅しようとしているのかもしれない。それに気付いた見初は急いで手を振り解(ほど)こうとした。

「早くしないと……！」

確かにこの雪神がしようとしたことは許せない。それでもこんな形で苦しんで消えてしまうのは望んでいない。

柚枝に協力してもらった方がいいかもしれない。そう思って彼女を呼ぼうとした見初は戦慄した。

「見初さんを離さぬか、この毛むくじゃらぁ！」

そう叫んだ砕雪も毛むくじゃらになっていた。全身が真っ白な毛で覆われ丸みを帯びたその姿は、まさに雪神そのものだった。

しかし、その大きさは今苦しんでいる雪神の比ではなかった。二回り程サイズの大きい毛玉がこちらに突っ込んでくる。

見初は本気で命の危機を感じた。

「どりゃあああ‼」

怒りに身を任せた砕雪にタックルされた雪神は、その凄まじい衝撃によって見初を手放した。そして、そのまま遠くまで吹き飛ばされていく。

完全に消える前に手を離したので大丈夫……と信じたい。見初はほっと安堵して砕雪へと振り向いた。

巨体がゆっくりと縮んでいき、白い体毛も発光しながら消滅すると息切れを起こしている砕雪が現れた。

「大丈夫ですか⁉」

「はぁ……はぁ……すごく疲れたでござるなぁ……」

「砕雪さん雪神だったんですね」

道理で氷を生み出せるわけだ。そう感心していると、砕雪は不思議そうに首を傾げた。

「雪神……だったでござるか？　私は」

「え？　自分がそうだって知らなかったんですか⁉」

「あ、知らなかったと思います……」

そう答えたのは柚枝だった。

「雪神は雪山で死んだ人間の魂が神格を得て生まれます。だけど、時々神格を持たずに妖怪として生まれ変わることがあると聞くんですけれど……」

「それが砕雪さんってことかぁ……」

「だ、だがしかし、雪神って雪山にしか現れぬ神様。私は普通に夏でもすごせていたでござるが？」

本人が一番狼狽えている。動揺した様子で疑問をぶつけるも、柚枝はすぐに答えてみせた。

「神格を持たないだけでとっても霊力が強いからだと思います。だから、暑さも平気だったんじゃないかなって……」

もしかしたら最初から、砕雪の正体に気付いていたのかもしれない。冷静に語る姿は、彼女もかつては山を守っていた者であったことを見初に思い出させた。

砕雪のタックルを喰らった雪神は木に叩き付けられて気絶していたが、すぐに目を覚ました。また追いかけられるのではと案じたものの、目覚めた雪神は落ち着いた雰囲気で「申し訳なかった」と見初たちに頭を下げた。

初めて食べたかき氷の美味しさに我を忘れ、あのようなことをしてしまった。静かに謝罪する姿を見て、見初たちは許すことにした。

桃山（に取り憑いている氷）の腕に殴られ、何故か消滅しそうになり、砕雪に吹き飛ばされているのだ。心身ともに既にボロボロの彼をこれ以上責めるのはやめようと決めたのだ。

ホテル櫻葉に戻った頃、時刻は既に二十二時をすぎていた。

「大変な日に遭ったけど、楽しかったでござるなー」

「そ、そうですか……」

朝から驚愕の連続だった見初はもう疲れ切っていた。それに考えるべきこともあった。

「…………」

「時町……どうした……」

「あ、何でもないです！　大丈夫です！」

自分の手に視線を落としていると、桃山に声をかけられたので努めて明るい声を出した。

あの雪神を消滅させかけた謎の光。あれはいつもの四季神の力とは違っていた。今度ひととせに会う機会があったら聞いてみたほうがいいかもしれない。

「……あれ？　永遠子さん？」

寮の入り口で永遠子が見知らぬ妖怪たちに囲まれているのが見えた。ホテルと間違えてこちらへ押しかけて来たのか、永遠子目当てなのか。

どうやらそのどちらでもないようだ。

「皆……？」

砕雪が寮に向かって駆け出す。すると妖怪たちも砕雪に気付いて声を上げた。

「くーちゃんだ！」

「ここにいたんだねー！」

「何でこんなところにいるんだよ！」

どうやら砕雪の仲間らしい。砕雪を取り囲み、ある者は安堵して、ある者は怒り半分心配半分な様子で問い詰めている。

「砕雪さんを捜すためにここまでやって来たそうよ」

小声で永遠子がそう教えてくれた。

「えっ、皆よく砕雪さんがここにいるって分かりましたね」

「ううん、そういうことじゃないの」

永遠子は苦笑しながら否定した。

「ホテル櫻葉に来れば砕雪さんをすぐに捜してくれるって思ったみたい」

「どういうことですか……？」

「うちを人探しや物探しを専門とした陰陽師集団と思っていたみたいで……」

ホテル櫻葉は職業安定所でも探偵事務所でもない。宿泊施設である。

だが、結果としてこうして再会出来たのだから結果オーライだろう。

「くーちゃん、最近元気なかったから皆心配してたんだよ」

「か、かたじけない。その……皆に迷惑をかけたくなかったから山を出たでござる」

「迷惑⁉」

「冬になると私は役立たずになってしまうのに、食べ物分けてくれるのが悪くて……」

「そんなの当たり前だよ！　いつも氷をいっぱい作って皆を暑さから助けてくれるのは砕雪じゃないか！　食べ物を分けるなんてそんなの恩返しのうちにも入らな……」

そう捲(まく)し立てていた妖怪の声が止まる。砕雪が大粒の涙を流していたのだ。その涙は氷の粒とならず、温かい水のまま零れて地面に小さな染みを作った。

「うっ、うぅ、うわぁぁぁん‼」

「くーちゃんが泣いた！」

「ど、どうしたの？　泣き止んで！」

何とか泣き止まそうと妖怪たちが慌てているが、砕雪は堰を切ったように泣き続けている。

「……もしかして、嬉し涙は凍らないのかもしれませんね」

「砕雪様よかったです……」

感極まった柚枝も泣いていた。

ガゴンッ、ガゴンッ。感動の場面に響き渡る謎の打撃音。今回、見初たちの危機を救った氷の腕が拍手している。

桃山曰く、

「勝手に……動いている……」

らしい。雪神に対する血の気の多い攻撃を見た時に、自我が備わっているのでは？　と疑っていたが。

この後、砕雪は仲間たちと山に帰って行った。夏になったら皆にかき氷を振る舞いたいので、それまでに色んなタレを開発したいと鼻息を荒くして語っていた。永遠子はその商人魂を称賛していた。

氷の腕は砕雪の申告通り、一週間後に溶けて消えた。右腕にシロ、左腕にポチと名付けていた桃山は少し寂しそうだった。

第四話　聖夜の贈り物

クリスマス。この五文字を聞いて喜ばない人間はあまりいない。

クリスマスに何らかのトラウマを抱いている者は快く思わないだろうが、大抵は少なからず期待で目を輝かせるものだ。

ローストチキン。クリスマスケーキ。クリスマスプレゼント。

人々の心を擽るそれらだが、妖怪と神の間ではさほど認知度が高くない。風来と雷訪、柚枝も初めて耳にした時は不思議そうに首を傾げていた。

おまけにクリスマス前後になると人間ではないモノの客足が極端に減る。

理由を聞くと「さんたくろうすがホテルの周りをうろついているかもしれないから」とのことだった。なまはげと勘違いしているのではなかろうか。

「さんたくろうすさんは戦の神と聞いています」

「柚枝様、どっからそんな物騒な情報を得たんですか」

「お客様がそう仰っていました。生贄から剥いだ皮を着て、農民たちに落ち武者狩りをするための武器を置いて行くと……」

なまはげも逃げ出すような残酷さである。そもそも今は落ち武者狩りが横行しているような時代ではない。

何がどう間違っているだとか、そういった次元を超えている。

まあ、当時の農民からしてみれば狩りのための装備がもらえるのはありがたい話であったろうが。

「サンタクロースさんがプレゼントしてくれるのは、その人がもらって嬉しい物なんです。あと人間の皮じゃなくて普通に暖かい服着ています」

「わぁっ！　とっても素敵ですね……！」

「そうなんですよ。素敵なおじいさんなんですよ」

ようやく正しい反応が得られた。そもそもの話、サンタクロースの原産地は日本ではなく海外である。

だが、これで何故妖怪たちがサンタクロースを恐れているのかも判明した。夜に出歩いている時にそんな化物と遭遇したら、自分だって号泣する自信があると見初(みそめ)は思った。

「うーん、どうにかして誤解を解いたほうがいいんじゃないのかなぁ……」

思わぬ課題が出来てしまった。

「えっと……でしたら、さんたくろうすさんから贈り物をもらえたら皆怖がらなくなると思います」

少し恥ずかしそうに柚枝が意見を出した。意見というよりも、彼女自身の願望だろう。

プレゼントが欲しいという気持ちが見え隠れしていた。

◆　◆　◆

「中にはちゃんとクリスマスプレゼントの意味を理解していて、プレゼントを欲しがるお客様も結構多いのよ」

「あ、そうだったんですね」

「そう。出来れば私の手作りが欲しいってリクエスト付きで」

「ほお〜……」

　サンタクロースはいないと気付いてしまい、親にプレゼントを強請り始めるという子供と同じ行動を取っている。

　なるほど、本当の意味でクリスマスプレゼントがどのようなものかを理解していた。

「だから今年は皆のためにプレゼントを用意しているの！」

　熱心なファンたちの声に応えるのが永遠子という女性である。ニコニコしながら何かが入った赤い袋を見せた。緑色のリボンで結ばれており、クリスマスの雰囲気が漂っている。

「へぇ〜、お洒落ですね」

「開けてみてもいいわよ。何だったら柚枝様にあげてもいいし」

「いいんですか？」

「たくさん作りすぎちゃったのよ」

柚枝も永遠子からの手作りプレゼントをもらったら喜ぶだろう。ありがたくちょうだいする。

ズシィ……ッ。

シャレオツな見た目の袋を受け取った途端、掌に伝わって来る重み。確実に菓子の類いではない。

目の前にはニコニコ笑顔の永遠子。見初の心に不安という二文字が降臨した。

「それじゃあ……開けますね……」

「ええ。ちょっと恥ずかしいけど……」

リボンを解いて中身を確認する。

薄暗い袋の中で苦悶の表情を浮かべる化物と目が合った。

「おおっと」

見初は慌てて袋を閉じた。二度と解き放たれないよう、リボンを強く結び直す。

「永遠子さん、これ何ですか？」

一目見ただけでは正体が掴めなかった。

「サンタクロースの木彫りよ！　どう？　山にいる妖怪にお願いして専用の木を取り寄せてもらったの」

永遠子は自信満々に語った。

サンタクロースとは赤い服と帽子を装備した白髭(しらひげ)の老人であり、全身が歪(いびつ)に膨れ上がった血まみれの怪物ではない。

何か苦しそうだなと見初が判断したのは、口元から白い液体を垂れ流しているように見えたためだったが、どうやら白髭のつもりだったらしい。

その姿は妄想の産物にすぎなかった『さんたくろうす』そのものであった。

「永遠子さん……」

かつて、咲く子ちゃん・咲き子ちゃんなるクリーチャーが危うくホテル櫻葉のマスコットキャラクターになりかけた時から思っていたことがある。

永遠子の美的センスは常人の域を超えている。そして、見初にはそれに共感するだけの力はない。

柚枝に渡してクリスマスへの夢を壊すわけにはいかない。かといって、返品するわけにもいかなかったので、見初はとりあえず自分で木彫りを引き取ることにした。

再び開封するのは躊躇(ためら)われたので、袋に入れた状態でテーブルに置く。

「ぷぅ」

テーブルの下ですやすや昼寝をしていた白玉(しらたま)が目を開き、素早い動きでベッドへと逃げた。警戒している。

　異常はそれだけで終わらなかった。

「おや……？」

「ぷぁー……？」

　赤い木彫りのサンタクロースがテーブルに立っていた。

　いや、あれは立っているのだろうか。ここで初めて全身像を見たのだが、下半身の様子もおかしい。ヘドロのようにドロドロと溶けている。

　見た目のことはこの際どうでもいい。袋に入れたままだったはずの像が何故外に出ているのだろうか。袋はテーブルの下にぐしゃぐしゃになって捨てられていた。

　異変はその後も続いた。コンビニのビニール袋に入れて保管しているのだが、朝になると外に出てテーブルに置かれているのだ。

　最初は見初も白玉も薄気味悪さを感じていたものの、三日程経つと慣れた。美人は三日で飽きると言うが、それは怪奇現象であっても適用されるらしい。

「袋に入れて欲しくないみたいだから、このままでいいかぁ」

「ぷぅぷぅ〜」

「いや、よくないだろ」

呑気に構えている見初と白玉に諭すように言ったのは冬緒だった。見初からの交換日記で像のことを知り、急遽駆け付けたのである。

「袋に入れておいた像が朝起きたら外に出ているって、何でそんなホラーを野放しにしてるんだよ」

「ここでの暮らしが長すぎて感覚が麻痺してしまいまして……」

「それにどうするんだ？　柚枝様に渡さなかったのは正解だけど、こんな化物をお前の部屋にいつまでも置いておくわけにもいかないぞ」

「と言われましても」

自然に還してしまいたいのが本心だが、永遠子からもらった物なのでそういうわけにもいかない。だったら、このまま同居もやむなしと考えていたのだが。

諦めの境地に至りつつある見初に、冬緒が大きくため息をつく。

「分かった……だったら、こうしよう」

そう言って冬緒は札を取り出すと、ぺたりと像に貼り付けた。

「動きを封じる効果がある札だ。これなら袋に入れても大丈夫だろ」

「でも、それも可哀想なような……」

「やめろ！　得体の知れない物に同情するのはやめろ！」

「永遠子さんが頑張って作ったんですよ！　得体の知れないとかそんなこと言っちゃダメ

ですよ‼」

まさか永遠子も自分が渡した像が、このような問題を引き起こしているとは夢にも思わないだろう。

「だけど、どうしましょう。永遠子さん、この像作りすぎたって言ってましたよ」

「人間にあげなきゃセーフと思うしかないだろ。永遠子さんのファンなら、動く像もらっても『永遠子さんの魂が宿ってる！』って大喜びして済ませるはずだ」

「そりゃそうでしょうけど……」

像をもらった客たちは、この化物をサンタクロースと認識するわけだ。本物から説教を受けてしまう。

そのことを考えると頭が痛くなってくる。しかし、今夜からは怪奇現象に見舞われることもないのだ。それは素直に喜ぶことにしようと、見初は冬緒に感謝の言葉を述べた。

そして、この日は像をビニール袋の中にしまい、ぎっちり口を閉じた。

翌朝、見初が起床すると既に白玉が起きていた。テーブルの上に載っている像を見据えていた。

テーブルの下にビニール袋が捨てられており、冬緒が貼った札はビリビリに引き裂かれて無惨な姿になっていた。

札に対する並々ならぬ怒気を感じる。

そのことを交換日記に書くと、受け取った冬緒はものの数分で見初の部屋にやって来た。

「せっかく貼ってくれた札が一日も持たなかったと伝えるのが正直心苦しくて……」

「直接言えよ‼」

「ぷう……」

だが、椿木家の札ですら効かないとなると、これまで楽観視していた見初も流石に危機感を覚え始める。

制作過程中に永遠子が何らかの呪詛をかけたとしか思えない。

「……そもそも、この素材に問題があるんじゃないのか？」

「素材？　ああ、確か妖怪が用意してくれたって言ってました」

冬緒が眉間に皺を寄せた。

約十秒考えた彼は、思わぬ提案を口にした。

「これ、一晩だけ俺の部屋で預かっていいか？　こいつが一体何なのか念入りに調べてみようと思うんだ」

「大丈夫ですか？　札を貼った張本人だから椿木さん滅茶苦茶恨み買ってそうですよ」

夜中に勝手に動き出し、冬緒の口に入って窒息死を遂行しそうな予感がする。

だが、不安を訴える見初に冬緒は呆れたような視線を向けた。

「あのな、陰陽師が恨みとか呪いとかを怖がってどうするんだよ」

「椿木さん……気を付けてくださいね」

自分のせいで冬緒が祟られるのは胸が痛む。不安から表情を曇らせる見初だったが、冬緒は安心させるようにわざと明るい声を発した。

「な、なあ、上手くいったら俺と一緒に買い物に行ってくれるか？」

「え？　買い物ですか？」

「いや、悪い。変なこと言った。じゃあな」

首を傾げる見初に一方的に言葉を残し、冬緒は像を掴んで部屋から立ち去って行った。

「……買い物くらい、いつでも付き合うのにねぇ」

「ぷぅ？」

冬緒の耳が赤いことに気付けなかった見初は、彼の問いかけの意図にも当然気付けずにいた。

事件は冬緒が像を引き取ったその日の夜中に起こった。
「ヒーヒャッヒャッヒャッ‼」
謎の奇声と、ガシャンッと突如聞こえて来た何かが割れるような音。それらによって見初と白玉は叩き起こされた。

「え⁉」

「ぷぅ⁉」

廊下からは誰かの叫び声も。護身用にフライパンを持って飛び出すと、天樹が「椿木君！　椿木君‼」と冬緒の部屋のドアを叩いていた。

「どうしたんですか⁉」

「椿木君の部屋から大きな音と椿木君の悲鳴が聞こえてきたんだ！」

「え……っ」

見初の脳裏に浮かんだのは、例の像だった。思わず真顔になっていると、ドアがゆっくりと開き中から憔悴しきった冬緒が出て来た。よかった、生きてる。

「椿木さん何があったんですか？」

「俺もよく分からない……」

冬緒が緩く首を横に振る。

何故か部屋の奥から流れてくる冷たい風。

中の様子を確かめてみると、窓ガラスにサッカーボールサイズの穴が空いていた。さらに室内には荒らされた形跡があった。テーブルが引っくり返り、テレビが倒れている。

そして部屋中に貼られた札の数々。心霊スポットと化した廃墟でよく見られるような光景だった。

「本当にどうしたんですか……」

「お前からもらった像が奇声を上げ始めたと思ったら部屋の中を走り出して、止めようとしたけど止められなくて最後は窓をぶち破って外に逃げた……」

一呼吸で説明してくれたのはありがたいが、よく分からなかった。

とりあえず札がべたべた貼られているのは、像の動きを止めるために放っていたもので、錯乱して投げまくったわけではなさそうだ。

「椿木君、像って何……？　何か呪いがかかった像でも預かってたの？」

真剣な表情で訊ねてくる天樹に、真実を話すべきか見初が悩んでいると「キャー！」と悲鳴が聞こえた。永遠子の声だった。更に先程よりも大きな破壊音。

「永遠子さん⁉」

「み、見初ちゃん！　像が……像が……！」

永遠子の部屋のドアを開けると青ざめた表情の永遠子が出て来た。

室内は冬緒の部屋よりも酷い有様だった。家具が滅茶苦茶になっている以外にも、床にはビリビリに裂かれた赤い袋と緑のリボン。

窓はガラスが粉々に砕けており、窓枠しか残されていなかった。隙間風どころの話ではなく、真冬の風がびゅうびゅうと室内に我が物顔で侵入している。冬緒がくしゃみをした。

「袋の中に入れていた像が急に笑い声を上げたと思ったら、勝手に袋が破けて窓ガラスを破って外に出て行っちゃったの……」

「永遠子さんのところにも像が……？　でも、こっちのほうが被害すごくない？」

天樹が顎(あご)に手を当てながら推理を始める。普通に像の数が多かったからだと思うのだが、見初と冬緒は無言で夜の闇を眺めていた。

◆　◆　◆

その後の調べによって永遠子が木彫りに使用した木は、某山に生えている樹齢数百年の妖樹だったと判明した。

薪にするか、家の一部に使う分には大丈夫のようだが、それで像を作ってしまったがために魂が宿ってしまったらしい。

そして山に戻りたいと強く願ったためか、自在に動くことが出来るようになったそうだ。自然に還ってくれないかと思ったのは見初だったが、いざ実現してしまうと反応に困る。

「大変だわ……皆のクリスマスプレゼントを新しく作り直さないと！」

そう言って永遠子が通販サイトで粘土を大量購入しようとしたので、見初たちは全力で阻止した。

結局、サンタクロースの形をしたクッキーを焼いて、妖怪たちに配ることになった。恐らく、粘土で一つ一つ化物を作るよりも低コストで短時間に作れたのではなかろうか。

それはよかったのだが、一部の妖怪の間でサンタクロース＝美味しい食べ物という誤った情報が共有される問題も生まれてしまった。

第五話　ずっと側にいる

ここも朽ち果ててしまったのか。紫鴎は目の前に広がる光景に落胆のため息をついた。

そこに住んでいた者たちに置き去りにされた家屋。雑草で埋め尽くされた庭。野生動物の棲み処になっているのか、狸が目の前を通りすぎた。

人間に捨て去られた村の末路など、どこも同じようなものだ。村人は一人残らず立ち去り、家は取り壊されることなく放置されたまま。井戸は干上がり、桶も底が抜けていた。

この村は数十年前、悪霊に襲われたのだが、陰陽師が祓ったことで平和が訪れた。だが、その後すぐに何らかの理由で村人がここから離れていった。

そして、村を守っていた神がたった一人ここに取り残されたらしい。今も祠に祀られたままだとか。

「可哀想に……」

憐憫を声に乗せて零す。もう守るべき者は誰もいない。それでもこの地に封じられている神を憐れみ、紫鴎はこうしてやって来た。解き放ち、自由にしてやりたいと思っている。

けれど肝心の祠がどこにも見付からない。通りすぎてしまったのかと二、三周してみるが、無駄に終わった。

狸に聞いてみるかと思ったが、よそ者の妖怪を警戒しているのか、こちらから近付こうとすると逃げられてしまった。

「これは……無駄足か？」

積み上げられた薪に腰掛けて休憩する。所詮は風の噂だ。嘘か真かは実際にこの目で確かめてみなければ知りようがない。

帰るか。そう思って薪から降りて歩き出そうとすると、強い風が吹いた。風が空気を切る音が、木の葉が擦れ合う音が、劣化した民家が軋む音があちこちから聞こえてくる。

紫鴎は帰り道とは正反対の方向に歩き出した。今、たくさんの音に紛れて誰かの声がしたのだ。「来て」と助けを求めるような声で紫鴎を呼んだのだ。

「……ここは」

辿り着いたのは村の外れ。小さな祠があった。それを見た瞬間、紫鴎は総毛立った。紫鴎の胸程の高さしかない祠には無数の札が貼られており、何重も錠が施されている。

ドンッ、ドンッ。固く閉ざされた扉を開こうとしているのか、内側から乱暴に叩く音が聞こえる。

「……そこに誰かいるの？」

祠から女のくぐもった声がした。

「あ、ああ。この村に神が取り残されたままって噂を聞いて来てみたんだ。もしかしてあなたがその神か？」

「……もしかして私を助けに来てくれたのですか？」

希望を滲ませた声色だった。ずっと、この時を望んでいたのだろう。紫鴎は帰らなくて良かったと思いながら、祠の前にしゃがみ込んだ。

「ちょっと待っててくれ。今出してやるから」

「ありがとう……やっと外に出られるのね、嬉しい」

「外に出ればあなたは自由の身だ。好きなことをたくさんするといい」

「好きなこと……そうね。それもいいかもしれません」

「……人間が作った鍵っていうのは固くて外れないな。何か道具が残っているかもしれないから、探してくる」

そう言い残して紫鴎は近くの民家に入って行った。その後、先程のような強い風が吹き荒れた。

「ここから出られれば、あいつらを殺すことが出来る……」

憎悪と執着を宿した女の声は風切り音に掻き消された。

◆　◆　◆

ペチンッと勢いよく音を立てて盤に置かれたのは、金将と書かれた将棋の駒だった。

勝利を確信しているのか、自信満々に宣言する風来だったが、その直後、彼に悲劇が訪れる。

対戦相手の火々知が何の躊躇もなく駒を動かした。

「王手」

「へぐっ」

「しかも、お前の方は詰みだ。吾輩の勝利だ」

「あー！ また負けた！ 火々知おじちゃん強すぎるよぉ」

「うむ……」

勝ったというのに、火々知はあまり嬉しそうではなかった。悔し涙を流す敗者に同情の眼差しを送っている。審判をやっていた雷訪もお茶請けの煎餅片手にため息をついている。

風来の連敗にはれっきとした理由がある。勝つことばかりを考えているため、自らの王将を守ることを全く考えていないのだ。

真っ裸で槍を持って敵将の首を狙いに行くようなものだった。

「時町、次はお前が代われ。この狸では歯応えがなさすぎる」

「あ、ちょっと待っててください。今、白玉の爪を切ってるんです」

「ぷ……ぷ……」

白玉は見初の腕の中で震えていた。動物というのは爪切り、歯磨き、お風呂と人間によって行われるお手入れを酷く嫌がる傾向にある。妖怪の白玉も例外ではなかった。見初を蹴り付け、逃亡を図るような行動には出ないものの、絶望に染まった表情で爪を切られている。

見初だって本当は白玉を怖がらせるようなことはしたくないのだ。後で干しパパイヤをあげるから頑張ってこの試練を乗り越えてもらいたい。

ちなみに見初の隣では柚枝が天樹から借りた漫画を読んでいる。

寮の一室というのは決して広くない。それに対して人口密度が高い。いや、かなりの人外率なのだが。

何で私の部屋に集まってるんだ？　と見初が疑問を覚えるのも無理はない。知らぬ間に見初の自室が妖怪専用のレクリエーションルームと化していた。

そして、そんな時に事件は起こった。

「ぷ……ぷぅ⁉」

「あ、ごめん、白玉痛かった⁉」

「ぷ、ぷぅう！　ぷぅうう！」

白玉が首を振り、爪を切られたばかりの前脚を雷訪へと向ける。

雷訪がいつもと違ってスリムな体形になっているように見初には見えた。横に細くなり、縦に長くなっている。

痩せた？と聞きそうになったが、つい数分前は風来とさして変わらない饅頭ボディだったはずだ。この短時間でのダイエットは不可能である。

しかも、どんどん細くなっている。麺のような細さになっている。

「見初様、そんな顔をしてどうし……ひょわっ⁉こ、これは何事ですかな⁉」

雷訪は自らの体を見て愕然としている。

「えっ、雷訪どしたの？痩せた？」

相方の異変に気付いた風来が呑気に聞いている。

「わ、分かりません！　何だかどこかに引っ張られるような感覚が……！」

「む、これは一体……」

「雷訪ちゃんがお蕎麦みたいになっちゃってる……」

部屋にいた全員の視線が雷訪に注がれる。だが、誰にも謎の現象を止めることは出来なかった。

「た、助けてくだされぇぇ……！」

限界まで細くなった雷訪が悲鳴を上げながら消滅した。彼が直前まで食べていた煎餅ごと消えた。

「「うわああああ‼」」

見初と風来と柚枝は絶叫した。大変なことが起きてしまった。火々知は険しい顔付きで雷訪がたった今までいた場所を睨み付けている。

そんな火々知を風来が親の仇、いや相方の仇を見るような目で睨んだ。

「火々知おじちゃん酷いよ‼　オイラが負け続けたら雷訪を消しちゃうなんて聞いていない‼」

「吾輩が消したわけではないわ‼」

「うわぁぁぁん、雷訪が消えちゃったよー‼」

火々知に将棋でコテンパンにされた時以上に悲しんでいる風来だが、泣いてばかりもいられない。

「ら、雷訪、本当に消えちゃったわけではない、よね……？」

「ぷぅ……」

「嫌な感じはしなかったので、呪いをかけられていたとかではないと思うんですけれど……」

本人も直前までは普通にすごしていた。柚枝の言う通り、妙な気配もしなかったはずだ。

「雷訪ー！　どこに行っちゃったのー‼」

泣き叫びながら風来が箪笥（たんす）やクローゼットを開けている。ここは見初の部屋なのだが、そんなことを考えている余裕もないらしい。

「雷……ギャー！」

　ベッドの下を覗き見て悲鳴を上げている。

「雷訪見付かった⁉」

「ううん！　亀虫の死骸が五匹くらい転がってる！」

「取ってよ！」

　答えながら物凄い速度でベッドから離れた風来に見初が叫んだ。

「と、とりあえず……皆に相談してみよう。完全に消えたわけじゃないと思うし」

　いつ何が起こるか分からないのがホテル櫻葉だ。将棋の審判をしていた狐が突然消えることもある。

　何とか平静を保ちながら部屋から出ようとすると、入り口に冬緒が立っていた。将棋駒が入った椀を持って。

「つ、椿木さん。何ですか、その駒は」

「風来に皆で将棋やろうって誘われて来たんだけど……駒も一応用意してきた。会場ってお前の部屋でいいんだよな？」

「部屋主の許可なしに……というか、将棋どころじゃないですよ！　雷訪が消えちゃったんです」

「き、消えたぁ⁉」

楽しみにしていた冬緒には申し訳ないが、将棋トーナメントは審判が行方不明になったので中止である。

「風来が将棋で負け続けていたら、急にパスタみたいになって消えてしまって……」

「風来が負けすぎて将棋の神の怒りを買ったんじゃないのか？　風来が火々知さんに勝てば雷訪を返してくれると思う」

冬緒が大真面目な顔をしてそんなことを言う。彼も大分混乱していることがよく分かる。その理論では恐らく雷訪は二度と帰って来ない。

これは柳村に相談する案件だ。彼の部屋に向かおうとすると、血相を変えた様子で永遠子がこちらに向かってきているのが見えた。

「見初ちゃん、冬ちゃん大変よ！」

「え⁉」

「今日団体のお客様が泊まりに来たでしょう？　その人たちがさっきこっくりさんをやっていたみたいなのよ」

「ええ⁉」

サファリパークのど真ん中で生肉を振り回すようなものだ。

そして、それが発覚したということは良からぬ事態となったらしい。

「そしたら煎餅を持った狐の霊が出て来たらしいんだけど……」

「…………」

「雷訪ちゃん、今どこにいるか分かる？」

「多分、その部屋だと思います……」

見初の答えに永遠子は「あ、やっぱり」と言いたげな顔をした。

こっくりさんとは一種の降霊術だ。しかも動物霊がよく召喚される。消える直前の雷訪も引っ張られると言っていた。

だが、ここで一つの疑問が浮かぶ。

「風来は何ともないみたいなんですけど」

「……油揚げを用意していたみたいよ」

「本能が食べ物に釣られたんですね……」

これに天かすが追加されていたら、風来も連れて行かれたかもしれない。

「雷訪ちゃんを見てお客様たちは慌てて部屋から飛び出したの。それで『誰か霊能力者はいませんか』って助けを呼んだそうよ」

「まあ、本当に出て来ちゃったらそうなりますよね」

「そしたらちょうど近くのお部屋に陰陽師のお客様が宿泊されていたの」

「だ、大丈夫なんですか？」

一応、ホテル櫻葉では無断で妖怪や幽霊を祓うことを禁止している。雷訪がそこらの動物霊と間違われて攻撃されていなければいいのだが。

狼狽える見初だったが、話を聞いていた冬緒が何かを思い出したように「ああ」と声を上げた。

「澄坂様のことか」

「すみざか……様？」

「時町がいない時にチェックインされたお客様だよ。祖父が陰陽師だったたって聞いてる」

軽い口調で語るその姿からは、雷訪を案じる素振りは感じられない。

ということは、時折いるような血の気の多い陰陽師ではないようで、見初はそこでようやく安堵のため息をついた。

澄坂今日子が泊まっている客室に向かうと、ベッドの上でぐったりしている雷訪を見付けた。その傍らには申し訳なさそうに頭を下げる四十代の女性がいた。

「ごめんなさい、話を聞こうとしてもパニックを起こしていて、どうしようもなかったので術で眠らせてしまいました……」

「い、いいえ、保護してくださってありがとうございました」

見初も頭を下げる。今日子は疲れ切った表情をしており、雷訪を落ち着かせるのに相当苦労したことが窺えた。

「この狐が悪い子ではないとすぐに分かりました。帰りたい帰りたいと泣いていましたから」

迷子センターに連れて来られた子供か。とりあえず、今度もまた同じことが起きないように、何らかの対策を考えなければ。

「雷訪って言うんですけれど、急にいなくなったから皆心配していたんです」

「とっても仲がいいんですね。まるでお友達みたい」

「みたいというより、お友達ですね」

見初がそう返すと、今日子は眩しい物を見るように目を細めて笑った。その笑みに違和感を抱いていると、今日子が躊躇いがちに問いを投げかけた。

「あの……一つお願いがあります」

「はい、どういったご用件でしょうか？」

「こちらには陰陽師も働いていると聞きます。……その方々と会わせてはいただけませんか？」

予期していなかった要望に見初は目を丸くした。

◆◆◆

「時町、こういう時は柳村さんだけでいいだろ。何で俺まで……」

今日子の部屋に連れて来られた冬緒は、居心地悪そうにしながら見初に不満をぶつけた。見初としては今日子が『方々』と言っていたので、複数人用意したほうがいいのだろうと思ったのだが。

「まあまあ、私だけでは解決出来ないこともありますので」

朗らかに微笑みながら柳村が言う。彼が対処出来ない事態など恐ろしくて想像したくない。

「つ、椿木家の陰陽師がお二人も……⁉」

一方、今日子は憧れの芸能人と対面を果たした一般人の如き反応を見せていた。まさか四華の、しかも片方は大物の陰陽師が自分のために来てくれると思っていなかったらしい。

「私は追放処分を受けた身なので、厳密に言えば椿木の人間ではないのですが……」

「確かにそうかもしれませんが、それでも冬緒君はとても素晴らしい陰陽師ですよ」

柳村の称賛も今は冬緒の肩身を狭くする効果を発揮するのみである。

椿木さん頑張れと、心の中でエールを送りつつ見初が退室することにした。

「あなたは……時町さんでしたよね？」

「はい。そうです」

「……あなたにもお話を聞いていただきたいのです」

「私は構いませんが……よろしいのですか？」

陰陽師ではなく、ただのホテル従業員に聞かせてもいい話なのだろうか。

「あなたも陰陽師なのでしょう？　あの雷訪という狐の子はずっとあなたの名前を呼び続け、信頼していたようでしたから」

「え？　いえ、私は……」

「そうなんです。この時町も陰陽師で柳村の弟子をしております」

何としてでも見初をこの空間に留まらせたいのか、冬緒が真っ赤な嘘をついた。柳村もニコニコ笑って否定しようとしない。

やりおる……。出会った時のことを思い返しながら、見初は冬緒の隣に座った。

「……私は、ある方法を知るためにこのホテルを訪れました」

今日子はやや緊張気味な声で口火を切ると、首に下げていたペンダントを外して見初たちに見せた。

シルバーチェーンで繋がれた赤い石が、不気味な光を放っている。見初は咄嗟に目を逸らした。これは長い間直視していいものではないと感じたのだ。

「おや、それは……」

柳村の顔から笑みが消えていた。

「とある村を壊滅させようとした神の力を封じた石です。祖父から父、父から私へと代々受け継がれてきました」

「神が村を……ですか。詳しくお話し願えますか？」

「心が澱んだ村の守り神が村人たちを呪い殺そうとしたのです。その時たまたま近くの村に滞在していたのが私の祖父でした。ですが、守り神の力はあまりに強大で、力の大半を奪い、祠に封印するしか手がありませんでした」

出来るだけ声に感情を乗せないような話し方だった。だが、ペンダントのチェーンを握る手には微かな震えが生じていた。

「その代償でしょうか。祖父は霊力を全て失い、陰陽師として生きていくことが不可能となりました」

「それは……お祖父様も辛い思いをされたでしょうね」

「いいえ、本人も覚悟していたようで後悔していませんでした。……村人を救ったことに関しては」

含みのある物言いだった。強張った表情を隠しもせず、冬緒が問いかけた。

「他に……後悔していることがあるのですか？」

「その守り神を祓い切れなかったことです。祖父は去年亡くなりましたが、死の間際にそのことを悔いていると譫言のように何度も呟いていました。父は祖父が遺した言葉は忘れてしまえと言いました。完全に祓うためには一旦封印を解かなければなりません。ですが、それは危険な行為でもあります。いくら力を奪っていると言っても、何が起こるか分かりませんからね」

今日子はそこで一拍置き、赤い石に視線を注いだ。

「けれど、私は祖父の願いを叶えてあげたい。そう思っています」

「澄坂様。つまりあなたは神殺しを行おうとしているのですね」

柳村の言葉には緊迫感は一切なかったが、内容は恐ろしいものだった。見初と冬緒が互いに視線を合わせる。

「人ではない者を客としてもてなしているあなた方に、このようなことを聞くべきではないかもしれませんが……」

今日子の声は凪いだ海のように落ち着いていた。

「椿木家の陰陽師であれば神すらも容易に祓う秘術があると聞いたことがあります。そして、それが実在するのであれば、私にも教えていただきたいのです」

「あなたのお気持ちは分かりますが、そのような術は存在しません。そんなものが本当にあったとしたら、今頃は神なんてこの国から消え去っていたでしょう」

「……そうですか」

今日子は俯いた。落胆と、ほんの少しの安堵。相反する二つの感情がその相槌から伝わって来た。

「こんなくだらない噂を本気で信じるべきではなかったと自分でも分かってはいました。

けれど……藁にも縋るような思いだったので……」

顔を上げた今日子は苦笑していた。物騒な内容だったが、彼女は本気だったのだ。一縷の望みを賭けて出雲を訪れた。

何が彼女をここまで突き動かしているのだろう。見初はひどく気になったが、それを聞く勇気も権利もなかった。

玉作湯神社。

勾玉作りの名産地であり、温泉の地ともされる島根県松江市玉造にある神社だ。そのため、温泉神である少彦名神や大名持神、玉作りの神の櫛明玉神が祀られている。

境内には真玉と呼ばれる丸い石が鎮座しており、それに触れると願いが叶うという言い伝えがあるそうな。

見初は神社を見回していたが、とある木の陰に何かが潜んでいることに気付いた。周囲に誰もいないことを確認し、その木へと駆け寄る。何だか後ろめたい。

「胡瓜の浅漬けと味噌漬けと……これでいいかな?」

「ありがとうございます。ああ、この香り……！」

見初からビニール袋を受け取ってはしゃいでいるのは河童だった。その頭にはトレードマークの平たい皿が載っているのだが、更にその上にタオルが折りたたまれた状態で載っていた。

本人曰く河童の亜種らしい。厳冬でも水辺で生きている他の河童と違い、松江市に棲む河童はしょっちゅう温泉に入っているせいか、寒さを苦手とする体質になってしまったという。

そのため、冬になるとホテル櫻葉に行きたくても行けない、大好きな胡瓜を使った料理が食べられないと嘆いていた。

そこで友人である風来と雷訪に時折届けてもらっているのだ。

ところが、先日のこっくりさん事件がトラウマになっているようで、雷訪の元気がない。風来一匹で行くと道に迷い、帰って来られなくなる恐れがあった。

というわけで、ちょうど非番だった見初が代わりに来たのだ。

「あなたのことは風来さんと雷訪さんから聞いております。味噌女さんでしたよね？」

「当たっているような違うような……」

名前は合っているはずなのだが、言葉では説明出来ない違和感がある。

「さて、こちらがお礼の品です」

そう言って河童が見初に渡したのは、青と緑の中間のような色合いをした平たい石だった。

「？　これって……」

「青瑪瑙（あおめのう）です。松江では昔からよく採れるんですよ」

「ヒエッ」

胡瓜のお礼にもらう品ではない。反射的に手放してしまったが、我に返って慌ててキャッチした。

「こ、こんなものを風来と雷訪は受け取ってたの⁉」

「はい。この石で水切りをすると遠くまで跳ぶそうで喜んで受け取っているんですよ」

「なんてこった……」

河童からさらっと言われた内容に、見初は腰を抜かしそうになった。

水切りとは川に向かって石を投げて跳ねさせる遊びである。今すぐ二匹がよく遊んでいる川に直行したい。

「と言っても、偽物ですが」

「え？」

「本当はただの石です。二匹に少しでも喜んで欲しくて色付けしたんですよ」

「あ、そうなんですね……」

残念に思う気持ちより、偽物でよかったと安心する気持ちのほうが強い。見初の心を引っ掻き回した河童の笑顔が邪悪に見えた。

用事が終わったら見初も美肌温泉の恩恵にあずかるつもりだったのだが、抗いがたい疲労感が全身に纏わり付いていた。

ひょっとしてあの河童に生命力を吸い取られたのでは。そう思いながら神社を出ようとした時だった。

「あんた馬鹿ね。こんな物に願ったって願いなんて叶いっこないわよ」

嘲笑混じりの女の声がした。河童と会話をしていた時も、一応人が来ないことを確認していたのだ。いつの間に、と見初は声の方向を振り向いた。

白い着物に青い羽織を肩にかけた黒髪の女と、真玉を撫で回している甚平姿の男がいた。声の主は前者だろう。

人ではない。見初はすぐにそう直感した。女には半透明の鎖が絡み付いており、男は両目を包帯で覆っている。

神社デートをしているのなら、お邪魔にならないうちに早く立ち去ってしまおう。そう思ってこっそりその場から立ち去ろうとした見初だったが、男がくるりとこちらに顔を向けた。

「あっ、人間の女の子だ」

「あっじゃないわよ。人間臭いからさっさと帰りたいんだけど」

「そう言うなよ。いくら聞こえていないからって……どうした、苑珠？」

「…………」

苑珠と呼ばれた女が見初を凝視したかと思えば、無言で駆け寄った。

近い近い。鼻と鼻がくっつきそうなくらい顔を近付けられ、見初は思わず硬直した。これでは人間の臭いが移り放題だ。

「匂う……」

女が低い声で呟く。

「こ、こんなに近付いたらそりゃ匂いますってば」

「……あなた、私が見えるの？　私も、あいつのことも」

「は、はい……お二人とも……」

つり目なせいか強気な印象が見受けられるが相当な美人だ。見初が正直に頷くと、男も

「珍しいなぁ」と笑い声を上げた。

「俺はともかく苑珠のことも見える人間なんてそうそういないぞ。もしかして陰陽師かい？」

「いいえ。ですが、妖怪や神様でも泊まれる宿で働いています」

「宿？　あ、あー……櫻葉って名前の？」

「そうです！　そこです！」

元気よく頷く見初に、「何だこいつ」と言いたげに眉を顰めたのは女だった。明らかに不審者を見る目をしている彼女に、男が説明する。

「陰陽師が経営している宿が出雲にあるって前に話したことがあるだろ。それがこの子が働いているところだよ」

「ふーん……泊まらせて退治しているんじゃない？」

「多分違うよ」

そこは多分なんて曖昧な表現を使わず絶対と言って欲しかった。

……というよりも見えているのか。見初は男の目隠しに熱い視線を注いでいた。それに気付いて男が笑う。

「心配しなくても大丈夫だよ。目が見えなくてもある程度のことは一人で出来るんだ」

「は、はぁ……」

「俺より苑珠のほうがよっぽど大変だから」

「何かあったんですか？」

困っているようなことがあると、反射的に聞いてしまうのは職業柄か。質問した見初に、男は女に顔を向けながら話し始めた。

「俺は紫鴎で、こっちは苑珠。俺たちは苑珠にかけられた呪いを解く旅をしているんだよ」

「呪い？」

「苑珠って神様なんだけど、廃村の祠に閉じ込められていたんだよ。守り神だったんだから村人も苑珠を連れて行ってやればよかったのに、置き去りにされていた。しかも昔退治した妖怪の呪いで力の殆どを失ったみたいでさ」

「それは……大変ですね」

呪いを受けてまで妖怪を退治したというのに、誰もいない村に取り残されるなんてあんまりだ。足の鎖がその呪いの証なのかもしれない。

「ねぇ、それよりも」

苑珠が再び見初に顔を近付けた。

どこかで見たことのある赤い色の瞳がじぃ、と目の前の人間を見ている。

「あなたの宿、行ってみたいわ」

「え……？」

「女神の私も妖怪のこいつも泊まれるんでしょ？」

突然の申し出に戸惑う見初だったが、紫鴎も「苑珠？」と怪訝そうに名前を呼ぶ。

「急にどうしたんだよ。人間がたくさん集まる場所は嫌だって言ってただろ。その宿って人間もたくさん泊まっているんじゃないのか？」

「はい。そうなんですけど……」

「たまにはいいじゃない。人間の宿ってとっても快適って聞いたことあるし」

人間は嫌いだが、ホテルに泊まってみたいという声はよく聞く。なので、苑珠が興味を持つことは何ら不思議なことではなかった。

「無理？」

「い、いえ、全然大丈夫です！　私も今からホテルに戻りますのでご一緒にどうぞ！」

見初が即答すると、苑珠は僅かに首を傾けながら微笑を浮かべた。

「ありがとう、可愛い人間さん」

「え……そ、そうなんですか？」

夜、部屋に呼び出された冬緒が柳村から告げられたのは、澄坂今日子が翌朝にチェックアウトするというものだった。

「はい。ここ数日島根に在住する陰陽師の下を巡っていたようでしたが、収穫はなかったらしいです」

「でも、あの人はまだまだ諦めないと思います」

目を伏せながら冬緒が言う。

「私も詳しく知りたいと思い伺ったのですが、『巻き込みたくない』と断られてしまいました」

「俺たちと澄坂様はあくまでホテルマンと客の関係です。俺も力になってあげたいですが、無理に聞き出す権利はありませんし……」

「ですが、放っておくわけにもいきません。澄坂様のペンダントに封じられていた霊力は、かなりのものでした。万が一あの石が壊れて力が神に戻れば厄介なことになります。被害に遭うのは澄坂様だけで済まないかもしれません」

柳村の言葉に冬緒は今日子が持っていたペンダントを思い返した。見初も本能的に危険であると感じていたようだったが、冬緒や柳村からすれば危ないで済まされる次元ではない。

封印されたという神があの石に封じ込められた力を取り戻す、それが考え得る現時点で一番恐ろしい展開だ。

何故、村を守る存在だったはずの神が村人に牙を向けたかは分からない。だが、何らかの理由で人間への激しい憎悪が原因だとするのなら。

「あとで俺も澄坂様に話を聞いてみます。俺なんかに話してくれるとは思いませんけど、何もしないわけにもいかないので……」

「ありがとうございます、冬緒君。それともう一つ、この件は私と冬緒君、それと時町さんだけの秘密としましょう。封じられた神を祓おうとする陰陽師が宿泊しているという話が広まれば、心配されるお客様もいらっしゃるでしょうから」

「はい……」

頼むから何も起きないでくれ。冬緒はそう祈るばかりだった。

玉造の河童から胡瓜のお礼でもらった石を風来に渡そうとすると、「見初姐(ねえ)さんの物にしてもいいよ！」と言われた。更にそれで石投げをするとよく跳ねるとアドバイスを受けた。

成人女性がたった一人で水切り。孤独感がすごい。見初は風来に礼を言うと、引き出しの奥に保存することにした。

「今日は濃い一日だったなぁ……」

「ぷぅー？」

ベッドにうつ伏せになった見初の背中に白玉が乗り、ぴょいぴょいと飛び跳ねていた。

マッサージのつもりのようで、実際中々いい腕をしている。疲れた体には心地良い刺激だ。腕ではなく脚なのだが。

「紫鴎さんと苑珠さんものんびりしてくれるといいんだけど……」

あれだけ泊まってみたいとせがんでいたくせに、ホテルの外観を見てもさして興味のない様子でロビーに入って行く後ろ姿には些か不安を覚えた。彼女の後を追いかけて行く直前、紫鴎からは「ありがとうな」とお礼を言われたが。

苑珠にかけられているらしい呪いはどうすることも出来ないが、今はそういったことを忘れてゆっくりしてもらえればいい。

「ふぅー白玉先生、ありがとうございました。代金は林檎でいいですか？」

「ぷぅ！」

白玉のおかげで一日の疲れが幾分か取れた。優秀なマッサージ師に礼を言って台所に向かおうとした時だ。

白玉が何かを見付けたのか、窓に駆け寄り、軽くジャンプして前脚で手すりに掴まった。

「あ、カーテン閉め忘れてたね」

ここではプライバシーという概念など小さじ程度しか存在していない。気が付くと、見知らぬ妖怪が部屋の中を覗いていることがよくある。

人間の変質者と違い、下心なしの純粋な好奇心で眺めているようなのだが、それでも夜中にポテトチップスを貪る姿を見られたくはない。

「……ん？」

誰かがホテルから出ていくのが見えた。あれは……今日子だ。

「澄坂様!」

外に出て名前を呼んでみると、今日子は驚いた表情をしつつ振り向いた。気のせいだろうか、先日話した時よりも窶れているように見える。

「あなた……確か時町さん?」

「はい。あの……お外を出て行かれるのが見えまして」

もうすぐで二十三時を迎えようとしているのだ。

女性がたった一人で外を出歩くなんて危険すぎる。人間ではないモノより、人間のほうがよほど恐ろしいことだっていくらでもあるのだ。

「心配してくれているんですね。……ありがとうございます」

外灯の光で照らされた今日子の笑顔はぎこちなく見えた。あまり構われて欲しくないのかもしれない。だから、見初も慎重に言葉を選んでいく。

「よ、夜のお散歩楽しいですよね。時々妖怪に会って世間話をする時もあるんですよ」

「世間話? 妖怪と……?」

「はい! ほんとに些細な話なんですけど。例えばあのキノコは食べると笑いが止まらなくなるから食べちゃダメだとか、海を泳いでいたら黒い手に足を掴まれて引きずり込まれそうになったとか……」

「……ふふっ」

今日子が小さく噴き出した。

「本当に妖怪と仲良しなのね」

「……あとすみません。実は私、本当は陰陽師なんかじゃないんです」

「いいえ、それについては分かっていましたから」

「気付いていらっしゃったんですか？」

「雰囲気で何となく」

あの大根役者ぶりが光る茶番も無意味だったというわけだ。見初は思い返して恥ずかしくなった。

「それでも、あなたは妖怪にとても慕われているようで、どこか祖父と似ていたからつい話を聞いて欲しいと思ったんです。あの人もたくさんの妖怪に囲まれていつも笑っているような人でした」

「そうだったんですね……」

「時町さん、陰陽師ではないあなたなら祖父の苦悩を感じ取ってくれるかもしれません。祖父は……」

今日子の言葉は最後まで続かなかった。目を大きく見開き、見初の背後にじっと視線を向けている。

見初も視線を追うように振り返ると、暗闇の中で青い羽織が風に揺れていた。

「……苑珠様？」

紫鴎の姿はない。一人で出て来たのだろうか。苑珠がこちらを見据えていた。

毒々しいまでに赤い唇が弧を描いている。

「あんた、私をここまで連れて来てくれた人間よね？」

「は、はい」

「僅かだけど、あんたに染み付いていた気配に気付いた時はまさかと思ったけど……感謝するわよ」

苑珠が何のことを言っているのか分からない。

それに今日子の様子がおかしい。苑珠を見詰めたまま、強張った表情で体を震わせているのだ。

「澄坂様、安心してください。あちらは今日泊まりに来てくれた……」

「な、何で……」

今日子がペンダントの石を握り締め、困惑している。その姿を見て見初は素早く苑珠へ目を向けた。

苑珠は村の守り神で、力を奪われたと言っていた。紫鴎は妖怪から呪いを受けたからだと言っていたが……。

「あんた、あの男の娘か孫ね？　あいつと匂いが似ているもの」

苑珠が一歩一歩近付いて来る。今日子は小刻みに震える手で懐から数枚の札を取り出して、一枚を苑珠へと投げ付けた。

「ちょ、待っ……」

見初の制止も虚しく、それは苑珠の左目付近に命中した。爆発音のような音とともに札が当たった部分から白い煙が上がる。

苑珠が顔を手で押さえてその場に蹲った。

「早く、柳村様と椿木様を呼んできてください。ここは私が食い止めますので」

「え？　食い止めるって……」

「……こちらも渡しておきます」

説明もないまま今日子にペンダントを渡される。それが何を意味するのか、嫌でも理解しそうになる。

見初はペンダントを受け取りながら苑珠を見た。

「……思い出したわ。あの男もこうやって最初に私の顔を傷付けたのよ。よりにもよって顔を……！」

苑珠はゆらりと立ち上がり、顔から手を離した。露わになった『それ』を目にし、見初は引き攣った悲鳴を漏らした。

札が当たった場所が爛れており、白い骨が剥き出しになっているのだ。

「や、やりすぎなのでは……？」

「違います。あれは術が解けただけです」

札を構えながら今日子が苑珠を睨む。

「時町さんはお気付きではないでしょうが、あれはまやかしの術で自らを美しい姿に見せているだけです」

「そうよ。そうしないとドロドロに腐った私の姿を見せる羽目になるもの」

口元を歪に吊り上げる苑珠に、見初は深呼吸してから訊ねた。

「あなたは……村の人たちに危害を加えようとして封じられていた神様なんですか？」

「何よ、その顔。騙されたほうが悪いんじゃないの。あんな見え透いた嘘に引っ掛かる馬鹿なんてあいつくらいだと思っていたわ」

「……紫鴎さんも本当のことを知らないんですか？」

「私が村人全員殺そうとして陰陽師に封印された悪神だって知っていたら、私と一緒に旅を続けていないわよ」

悪びれる様子もなく言ってのける苑珠に、見初は愕然とすると同時に怒りを覚えた。拳を握り、声を荒らげる。

「紫鴎さんはあなたのことを心配してくれてたんですよ⁉　それなのに何でそんな酷いことを……！」

「酷いのはあんたたち人間よ！」

苑珠の鋭い声が夜の空気に響く。その気迫に見初と今日子が言葉を失った時だった。

「苑珠……⁉」

苑珠の背後に紫鴎の姿があった。信じられない。どうして。そんな面持ちで立ち尽くす彼を苑珠が鼻で笑う。

「ばれちゃったわね。でも、もういいわよ。あんたは用済みだもの」

「待ってくれ。これはどういうことなんだ」

「……あなたは苑珠について何も知らなかったようですね」

憐れむように言ったのは今日子だった。

「苑珠は本来山奥の神社に祀られていた神格の高い女神だったんです」

「何だって？」

「ですが、当時飢餓に苦しんでいたとある村の人々がその神社に忍び込ました。そして、許可なくご神体を持ち去って村に作った祠で祀ると、苑珠をその村の守り神としたんです」

「……黙りなさい」

苑珠が低い声でそう命じる。だが、今日子は一瞬言葉を止めただけで話を続けた。

「……神主はすぐにご神体を返すように訴えましたが、このままでは村が滅んでしまうかもしれないと思い、結局は取り戻すことを諦めました。ですが、苑珠はそのことをずっと恨み続けていました。粗雑に作られた祠に押し込められ、人間たちの身勝手な理由で守り神にされたことを。だから……」

「黙れって言ってるでしょ……！」

苑珠の右手が赤く光り、そこから炎が巻き上がった。煌々とした火焔を前にして、見初は二、三歩後ろに下がった。

「ちょ、ちょっと!?　それで力奪われてるんですか？　大半？」

「その赤い石を渡しなさい、人間。それにはあんたの言う私の力が封じられているの」

「……渡したらどうなるんですか？」

「手始めにそこにいる女を殺すわ。心配しなくても、あんたは私の役に立ってくれたから見逃してあげる。……あんたもね」

苑珠は紫鴎を一瞥すると、冷淡な声でそう告げた。

「苑珠……やめろ。人間を殺すな」

「あんたに指図される筋合いはないわよ……！」

炎が蛇のように渦を巻き、見初へと放たれる。強烈な熱風とともに迫りくる炎に見初はその場から動くことが出来なかった。逃げ場がないのだ。

だが、盾になるように誰かが目の前に現れた。

「時町……！」

見初の瞳に映るのは、自分の代わりに炎に飲み込まれていく冬緒の姿だった。

「椿木さん‼」

咄嗟に手を伸ばそうとするが、それを阻止するかのように炎が勢いを増した。冬緒の輪郭が火の海の向こうに消えていく。

「つ、椿木様……」

今日子がその場に座り込む。

そして、炎の中から青い羽織を揺らめかして苑珠が現れる。

「今の男も陰陽師かしらね。そっちの小娘の知り合いみたいだったけれど……」

「すぐに火を消しなさい！」

見初の行動は早かった。

苑珠の姿を見るなり、彼女へと駆け寄って行く。苑珠も想定外だったのか、大きく目を見開いたが、すぐに笑みを浮かべた。

「馬鹿ね。陰陽師でもない人間が私に敵うとでも思っているの？」

「いいから早く消せって言ってるでしょ！」

「嫌よ」

見初の手を掴み、苑珠が喉を鳴らして笑う。捕らえた手には今日子から託されたペンダントが握られていた。

「あんたのほうから来てくれて助かったわ。本当に私の役に立ってくれる人間だこと」

「っ、離して……！」

見初が呻くように言葉を漏らした途端、密着していた二人の体が翡翠色に輝き出す。雪神に掴まれた時と同じ光だ。

だが、今の見初に苑珠の身を案じる余裕などありはしなかった。

苑珠が眉根を寄せ、顔を歪めても。

「これは……っ⁉ うっ、ああ、あああ……！」

まやかしの術が全体的に解けかかっているのか、苑珠の顔が爛れていく。見初を掴む手も土色に変化して腐臭が漂い始める。

その光景を前に、今日子は立ち尽くしていた。

「あ、あのままいけば苑珠は……」

こんな形であるが、自分の望みが叶うかもしれない。その予感に今日子が唇を震わせていると、紫鴎が見初たちへと走り出した。

「苑珠、その子の手を離せ！」

そう叫びながら見初から苑珠を引き剥がそうとする。

「馬鹿！　こっちに来るんじゃないわよ！」

だが、それを止めたのは苑珠だった。同時に炎の中から飛んで来た一枚の札が苑珠に迫っていた。

「時町を離せ……！」

鬼気迫るその声を耳にした見初が目を向けると、札を追いかけるようにして冬緒が姿を見せた。翡翠色の光が消え、苑珠の腐食も収まる。

「椿木さ……」

「ぐあっ！」

側で聞こえた悲鳴が見初の呼びかけを遮った。

「あんた……何してるのよ」

苑珠を庇って札を受け、その場に倒れ込んだ紫鴎を苑珠が冷たく見下ろす。彼を案じる様子は全くなかった。にも拘わらず、紫鴎は笑ってみせた。

「だ、大丈夫か、苑珠」

「…………」

苑珠はその問いに答えようとせず、見初の顔の前に骨が露出した掌を突き出した。

「う……」

ぐにゃりと景色が大きく歪んだ。それから少しずつ何も見えなくなっていく。

「お前、時町に何をしたんだ⁉」

焦った冬緒の声が聞こえる。

無事でいてくれてよかった。そう安堵しながら見初は意識を飛ばした。

◆　◆　◆

「あんたは元々、何のために旅をしていたのよ」

不思議そうに誰かが訊ねる声がした。見初はすぐに答えられなかった。旅なんてしていないからだ。

「旅そのものが目的なんだよ」

柔らかな声色で男が答えた。質問は彼に対してのものだったらしい。

「旅なんて何が楽しいのよ。どこに行ったって人間の気配ばかり。田舎ならまだマシなほうだけど」

「そうか？　俺は人間が好きだ」

その言葉に女が呆れたようにため息をついた。

「私は嫌いよ。嫌いでしかないわ。私をこんな目に遭わせたんですもの」

「そっか」

「そっかって何よ。他人事みたいに」

「お前、ほんとに守り神かってくらい性格悪いよなぁ」

そんなことを言うくせに、男の声はとても優しく慈愛が込められていた。

「…………？」

気が付くと星空が視界を埋め尽くしていた。中心には丸い月。眠っていたようで、まだ眠気と倦怠感が残っている。見初は体を起こすと周囲を見回した。

「……どこ、ここ？」

月明かりが人の気配のない民家を照らしている。

見初が寝かされていたのは、積み上げた薪の上だった。青い羽織が体に掛けられていた。これのおかげなのか、薄い生地なのに不思議と寒さを感じない。

「ここは私を攫った人間どもが暮らしていた村よ」

見初の問いに答えたのは、薪の山に凭れていた苑珠だった。

「ど、どうして私をここまで連れてきたんですか⁉」

「私だって好きで連れて来たんじゃないわよ。それを手放してくれたらさっさと帰してやるつもりだったのに」

「それって……あ」

何かを握っている感触に気付き、手を開くと今日子から預かったままのペンダントがあった。

「……私が寝ている間に奪おうとしなかったんですか？」

「下手にあんたに危害を加えて返り討ちにあっても困るのよ」

忌々しげに言うと、苑珠は見初を睨んだ。

あの触覚の力のことだろう。再び術をかけたのか、苑珠は元通りになって腐臭もしない。

「……すみませんでした」

「謝るくらいならその石、私にちょうだい」

「そ、それは無理です！」

石を守るように両手で包み込む。自分の命に代えてでも、これを苑珠に渡してはならない。今日子もそう覚悟したからこそ、見初に託したのだ。

それを持ったまま、怒りに身を任せて苑珠に特攻した自分が情けなくなるが。

「あ！」

そうだ。見初がそんな無謀な行動に走ったのは、冬緒が火の海に飲まれたからだった。

「つ、椿木さんは無事……なんですよね？」

「ああ、あんたを庇ったあの陰陽師のこと？　あんたも見たでしょ」

「で、でも何で……」

言い方は悪いが、冬緒にあの炎をどうにか出来たとは思えない。それなのに大して火傷をしているようにも見えなかった。

困惑する見初に、苑珠は苦虫を噛み潰したような顔で種明かしをした。

「あれもまやかしだからよ」

「まやか……し？」

「今の私にあんな大それた術が使えるわけないでしょ。ほんの少しの炎を大きく見せていただけよ」

「どうしてそんなことをしたんですか」

「あんたを炎で怯ませる隙に石を奪うつもりだったの。なのに陰陽師が出てくるわ、あんたは変な力を使うわで予定が狂ったのよ」

忌々しげに睨まれたが、こっちだって命懸けだったのだ。見初は気圧されつつも、今度は謝らなかった。

だが、苑珠は満足そうに口元を吊り上げた。

「まあいいわよ。ちょっとだけ取り戻せたから」

「ちょっとって……あっ！」

見初はペンダントの石をまじまじと凝視してから声を上げた。

心なしか、赤色が薄くなっているように見える。

「あんたの手を掴んだ時に、力がこっちに流れて来たのよ」

「そ、そんな……」

「だから、この程度のことは出来るようになったわ」

苑珠が軽く右手を振ると、数本の赤い線が現れ、近くにあった民家へと飛ばされていった。

直後、民家は無数の刃物に切り刻まれたように音を立てながら粉砕されていた。

綺麗な星月夜の下で行われた解体工事を目の当たりにして、見初は口を大きく開けて固まった。少し力を取り戻しただけで、この威力。

「それもまやかしの術……」

「じゃないわよ。ほら」

苑珠に木材の一つを放り投げられ、見初はキャッチした。ちゃんと掴める。つまり、彼女の言葉が真実だということだ。

それに苑珠の足に絡み付いていた鎖が薄くなっているように思えた。

「あんたにはもう少し協力してもらうわよ。あの女も私がここに戻ったって気付いたはずでしょうからね。あんたを人質に取れば、石に封じた力を解放するんじゃないかしら」

「……そんなこと、私がさせません」

「あんたには関係ないでしょ。あの女のことも私のことも」

「どちらも関係あります」

「どっちもあんたのところの宿に泊まったから？」

「お客様じゃなくても、困っている人がいたら放ってはおけませんよ」

穏やかな声音での言葉は静寂の夜にゆっくりと溶けていった。苑珠が心底理解出来ないといった風に黙り込んだからである。

だが、見初の次の一言は彼女を瞠目させた。

「それに苑珠さんも心から悪い神様っていうわけじゃなさそうですし」

「……あんたを攫ってきたくせに？」

「でも寒くないように羽織貸してくれたじゃないですか。これ、とっても暖かいですよ」

「知り合いの神に譲ってもらったんですって」

他人事のような口振りで苑珠は答えた。

「それね、あの馬鹿がくれたのよ」

「……紫鴎様のことですか？」

「そう。寒くないようにって……そんな大事なものをこんな怪しい女にあげてしまうなんて、本当に馬鹿だわ」

苑珠は星空を仰ぎ見ながら言葉を吐き捨てた。刺々しい口調だったが、不思議と憎悪や侮蔑は感じられない。それどころか、どこか親しみさえ込められているように見初には聞こえた。

「紫鴎様を大切に思っているんですね」

「思ってないわよ。あんな奴、使うだけ使ってさっさと捨てようって考えたわ」

「でも、私が力を暴走させちゃっている時に、紫鴎様が近付こうとしたのを止めてました し」

「私を庇ってやられたあいつを見捨てて来たのに？」

「紫鴎様も一緒について来ちゃったら、椿木さんたちは紫鴎様も悪い妖怪だって思ってしまいますから」

苑珠が人間に対して向ける憎悪は本物だ。見初もそれは否定しない。けれど、彼女には誰かを思いやる心がまだ残っている。

「紫鴎様は性格悪いって言ってましたけど……ん？」

「どうして私の記憶を……あんた、あれを持っているのね」

「あれ？」

「追憶の石よ」

どうして苑珠と紫鴎のやり取りを知っているのか。首を傾げていると、持っているだけで触れた者の記憶を一部読み取る力を秘める石があると苑珠に教えられた。

そんなアイテムを所持しているはずが。そう思った見初だったが、一つだけ心当たりがあった。

「河童さんからもらった石……！」

「それを今すぐ捨てて。人間に記憶を読まれるなんて不愉快よ」

「そ、そうですよね」

これには素直に応じて見初はポケットに入っていた石を取り出した。引き出しに入れようとしていてすっかり忘れていた。

後でちゃんと回収できるように、薪の上に置いておくことにした。

「このような形となってしまったのは私の責任です。まことに申し訳ありません……」

ホテル櫻葉の柳村の執務室には土下座をする今日子の姿があった。冬緒がやめさせようとするが、床に擦り付けた額を上げようとしない。

その姿に柳村も苦笑している。

「お願いですから顔を上げてください、澄坂様。苑珠という神が時町さんを連れ去ったのは彼女の意思で、あなたには何の非もありませんよ」

「違う……違うんです」

自責の念からか、今日子の声は震えていた。

「苑珠が時町さんを捕まえた時、緑色の光が二人を包んだかと思えば苑珠が突然苦しみ出したんです。このままいけば苑珠を祓うことが出来る。そう思って時町さんを救わずに傍観していました……」

「光……だって？」

危険に晒されていた見初を助けようとしなかった。そのことに多少の怒りはあれど、冬緒が気になったのは緑色の光の件だった。

触覚の力が発現したのだろうが、それによって人ではないモノが消滅するなんて有り得ないことだった。そんな恐ろしい力などではない。

「緑色の光……消滅……まさかとは思いますが……」

柳村に意見を求めて視線を向けると、彼も顎に手を当てて考え込んでいた。

「……柳村さん？」

「ああ、すみません。少し考え事をしていました。それよりも今は時町さんと苑珠がどこにいるかですね」

「………………」

冬緒に名前を呼ばれ、柳村は何事もなかったかのように微笑んだ。それがどこかわざとらしく見えて、冬緒は微かな不安を覚えた。

「……行き先は見当が付いています」

ゆっくりと顔を上げながら今日子が言葉を発した。

「かつて封じられていた村に向かったのでしょう。あそこは彼女にとって始まりの場所ですから」

「じゃ、じゃあ、すぐに行かないと！　時町がペンダントを持っているんですよね？　今頃は力を取り戻しているかも……！」

「そうですね。ですが、冬緒君。君には残ってもらいます」

柳村は穏やかに、けれど有無を言わさぬ強い口調で告げた。

「まやかしの術で大きく見せかけていたとはいえ、君は苑珠の炎を受けて火傷をしています。怪我人を無理に連れて行ったら時町さんに怒られてしまいます」

「それは分かってます。でも……」

「冬緒君、時町さんはこの程度で怯えて相手に屈するような人ではありません。それは君が一番理解しているはずです」

「まあ、それはそうなんですけど」

見初が泣きながら助けを待っているとは思えなかった。今頃は苑珠に色々と話しかけているに違いない。

それでも大切な人が攫われて、今どうなっているのかも分からないのだ。心配に思う気持ちは強かった。

「……なあ、あんたら苑珠をどうするつもりだ？」

部屋の隅に佇（たたず）んでいた紫鴎が硬い口調で問いかけた。冬緒の札を喰らった右腕には包帯が巻かれている。

彼の問いに、今日子は逡巡（しゅんじゅん）しながらも口を開いた。

「あなたには申し訳ないと思いますが……私は苑珠を祓いたいと思っています」

「そっか。やっぱりそうなるよなぁ……」

紫鴎は一瞬悲しそうに顔を歪めたが、すぐに眉尻を下げて笑ってみせた。

その答えに冬緒は目を丸くした。

「いいのか？」

「ああ。苑珠は元々祓われなきゃいけなかったんだろ？　だったら仕方ないよ。俺には止める資格がない」

「でも、苑珠と一緒に旅をしていたんだろ」

自分でも酷いことを聞いていると冬緒は自覚していた。

だが、紫鴎がここまであっさりと受け入れたことが意外だったのだ。苑珠を庇って札の攻撃を受けるくらいだったのに。

ずっと騙されていたことに、今頃になって腹が立ち始めたのだろうか。

「一緒にいたからこそだ。いつかこんな風に誰かに牙を剥く時が来るって想像もしていたよ」

「……あなた、まさか最初から苑珠の正体に気付いていたの？」

今日子の質問に紫鴎は屈託のない笑みを見せた。それが答えだった。

「初めて見た時の苑珠は酷い姿をしていたよ。封印から解かれたばかりで、まやかしの術なんてものを使えなかったからな。酷い臭いがしていて、蝿やらウジ虫が集っていて……それを見た瞬間直感したよ。これはろくでもないことをして、こんな場所に押し込められていたんだなって」

「は、初めから気付いていたなら、どうしてあの女神を外の世界に出したの⁉」

激昂した今日子が紫鴎に掴みかかろうとする。それを冬緒が慌てて止めた。

「落ち着いてください！」

「あなたは何も分かっていないわ！　苑珠のせいで一つの村が滅びそうになって、私の祖父は力を全て失ったのよ⁉　どうしてあなたまであの神のことを……」

「あなたまで、ということは紫鴎さんの他にも苑珠に手を差し伸べようとした方がいたのですね」

柳村の指摘に、今日子がハッと息を呑んだ。図星だったのだろう。柳村は尚も続ける。

「それは……ひょっとしたらあなたのお祖父様だったのでは？」

「……はい。本当は……祖父は苑珠を祓うつもりなんてなかったんです」

今日子は柳村たちの視線から逃れるように項垂れた。

「人間の都合で守り神の責を押し付けられた苑珠を憐れんでいました。だから、祓わずに力だけを奪って祠に封じたんです。その時はそれが彼女のためだと思ったんでしょう。でも晩年、そのことを後悔していたようで、いつも『一人にしてしまってすまない』と謝っていました」

「じゃあ、苑珠を救いたかったのは……」

「苑珠を祓いたかったのは、苑珠を救いたいという思いからでした。でも、私はそうは思わなかった。大勢の人間を殺そうとして、祖父が陰陽師を辞めるきっかけになった苑珠が憎くて……」

祖父とは正反対の感情で祓おうとした。その言葉が今日子の喉を通り抜けることはなかった。両手で顔を覆い、嗚咽を漏らす今日子を見て紫鴎は目を伏せる。

そして、躊躇いがちに口を開く。

「……こんな私を見ないで、って言ったんだ」

「……？」

「自分の体が酷い見た目をしているって気付いた苑珠が泣きながら言うんだよ。涙も真っ赤な血で、叫ぶ度に虫がばらばら落ちるんだけど、それを見た瞬間、気持ち悪いだとか怖いって思うより助けてやりたいって強く思った。長い間生きてきたけど、そこまで強く思うのは初めてで、きっとその時は苑珠のことを……だから、あいつの望み通りにした」

そう言いながら包帯に隠された目に触れる。その動作が何を意味するのか、思い至った冬緒は息を詰まらせた。

「紫鴎さん、その日はまさか自分で……」

「あいつからはよく馬鹿って言われていたけど、その通りだよ。会ってすぐの女神に情が湧いて、騙された振りをずっと続けていた。そのくらい大切だった奴が祓われることも望んでいる」

紫鴎は今日子の前に立つと、頭を下げた。

「こうなったのはあんたじゃなくて、俺の責任だ。こんなことを言える立場じゃないのは分かっているけど……頼む。あいつを楽にしてやってくれ。そのためなら、俺は何でも協力する」

頭を垂らし続ける紫鴎の言葉に、今日子は視線を泳がせていた。だが、視線が合った冬緒と柳村に何かを促すように首を縦に振られ、たどたどしい様子で口を開き始めた。

「わ、私は――」

◆　◆　◆

どうしてこの人間はこんな風に無防備に寝ているのだろう。苑珠は薪の上で爆睡している見初を眺めていた。

「私、今日は忙しかったので寝ます」と言って、貸してやった羽織に包まりながら寝息を立て始めたのだ。勿論、ペンダントを握り締めたまま。

そして、そのまま数時間経ったが、未だに起きようとしない。

「……あんた、私に殺されても文句は言えないわよ」

夜空が薄れていく。陽の光がゆっくりと時間をかけて空を、地上を照らし始める。全く恐れる様子もなく寝息を立てる姿を見て、苑珠の顔が歪む。

似ている。紫鴎もこんな風に、一切警戒することなく、隣で寝息を立てて眠っていた。

自分を恐れようとせず、けれど妖怪や神の心を理解しようとする意思を持つ。

もし、この娘がこの村の人間だったらと想像する。

『しかし、よく考えたな。神社からご神体を盗って来るなんてよ』

『わが村には守り神がいない。だから、他の村と違って病気に罹る者も多く、作物の育ちも悪いのだ』

『何、あんな人気のない神社に祀られているより村の守り神をやっているほうが幸せだと思うに違いない』

苑珠の神社の境内から苑珠の本体を取り出していた時、人間たちはそんな言葉を交わしていた。

苑珠の意思を無視し、自分たちの行いを正当化しようとしていたのだ。

見初のような村人がいたら、きっと彼らの行いを止めてくれたに違いない。

そもそも苑珠には、人々を守る力などなかった。山を神気で覆い、悪しき妖怪が近付かないようにすることを役目としていたからだ。

村人が病に罹っても治すことなど出来なかったし、水害を防ぎようもなかった。

だが、村人はこう言ったのだ。


『あの女神め！　我々を救う気がないのか⁉』

『くそ！　あんな神を村に連れて来たのは間違いだった！』

『御神体を捨てて、新しい守り神様を連れて来よう。まったく……面倒をかけさせやがって』


どこまでも利己的な言葉の数々が脳裏に蘇った途端、苑珠の周囲に赤い風が吹き荒れた。

その場に蹲り、乱暴に髪を掻き毟りながら叫ぶ。

「ふざけるな……ふざけるな‼　私を散々苦しめておきながら、身に危険が迫ると逃げるなんて……‼　卑怯者どもめ‼」

風が霧散すると自分と同じように村人たちから見捨てられた家々が崩壊していく。

だが、いくら壊しても、壊しても、心は晴れない。殺したくて罰を与えたくて堪らなかった連中はもういない。

自分から神としての力を奪い取り、祠に押し込めたあの陰陽師も恐らく既にこの世にいない。だから、力を封じ込めた石をその子孫が持っていた。

そうだ、祠。苑珠は息を荒くしながら、かつて自分が封じられていた粗雑でちっぽけな祠を睨んだ。こんなものをいつまでも残しておけない。

ここにはいない連中への恨みを込めて、塵も残さない程に壊してやる。

今の力でも十分にやれる。手を振り上げようとして、苑珠は誰かの声を聞いた。

『……分かった。そんなに見られたくないなら、見えないようにするよ』

紫鴟のものだった。祠から出た時、悍ましい姿をしていたことに気付き、錯乱して泣き叫んでいた苑珠に優しく声をかけた。

そして、この村から苑珠を連れ出した。

忌々しい場所であり、苑珠のために自分の目を潰した妖怪と出会った場所。

たったそれだけのことなのに、祠を壊そうとする手が止まる。壊したくないと、心が叫んでいる。

「何も知らないくせに……私の心から出て行け‼」

苑珠から放たれた赤い風が祠に襲いかかる。壊れた瞬間さえ見たくなくて、瞼を閉じて走り出した。

嫌だ。いくら忘れようとしても、あの男の顔ばかりが浮かぶ。

憎しみが消えてなくなりそうになる。

「やはり、ここにいたのですね……」

一旦は凪いでいた心が、その声を聞いた途端に再び大きく波立つ。振り向いた先にいたのは、陰陽師の子孫の女だった。

「……やっと来てくれたのね。退屈でこんな風に遊んでいたの」

笑みを浮かべ、破壊された村を見せびらかすように両腕を広げる。

だが、今日子はそんな挑発めいた行動に顔色を変えることなく、懐から札を取り出してそれを地面に置いた。

行動の意図が分からず、苑珠が怪訝そうに眉根を寄せた時だった。足元に梵字が書かれた陣が浮かんだ。

札による効果だと気付くも、苑珠の全身から力が抜けてその場に座り込む。

「その、札は……っ！」

「……祖父があなたの力を奪い取る際に使った札です。ですが、祓う力は持ちません」

「だったら、どうするつもり？」

「限界まであなたの力を奪い取り、人の形を保てずに御神体の身となったところであなたが本来祀られていた神社にお連れします」

今日子の声には迷いも恐れもなかった。大きく目を見開く苑珠に、諭すような口調で言葉を続ける。

「祖父はあなたを憐れみ、だからこそ祓わずに、けれどあくまで悪神としてこの地に封じました。それが間違いだったのです。あなたが人間から受けた仕打ちを考えれば、然るべき場所に帰すべきでした……」

「う、ぐぁ……っ！」

「私はあなたに対する憎しみのみで祓うことばかり考えていて、あなたの苦しみや悲しみを理解するつもりもなかった。ですが、あなたを心から案じる方の言葉を聞いて、ようやく考え方を変えることが出来ました」

「やめろ！　私をそんな目で、見るのはやめろ……！」

憐憫の眼差しを向けられ、取り戻していた力も吸い取られる。足に纏う鎖が濃くなり、その重みで体の動きを封じられる。

「どういうこと？　あんたからは大した力を感じない……のに……」

「私だけの力ではありません。私に協力すると言ってくださった妖怪が自らの命を私に分け与えてくれたのです……」

その言葉に苑珠の顔から表情が消えた。

陣から微かに感じるあの女のものではない『誰か』の霊力。それは苑珠がよく知る『彼』のものだった。

女はこう言っていた。自らの命を分け与えたと。

そうだ。妖怪一人分の命でも使わなければ、あんな弱そうな人間がここまで強力な術を行使出来るはずがない。

「紫鴎……？」

もう、紫鴎と会うこともないのか。そう思った瞬間、苑珠の目の前が真っ赤に染まった。

◆◆◆

「時町……おい、時町！」

見初を呼ぶ声がする。しかし、眠い。声を無視して再び夢の世界に旅立とうとするが、今度は体を揺すられる。

「時町！　起きろ、どうしたんだ！」

「……うぅ～るさい……」

「こら、起きろってば！」

「やかましいんじゃあ！」

惰眠を貪るのを邪魔する者を追い払うべく、見初は両目を見開いて怒鳴り声を上げた。

そして、目の前に呆然としている冬緒がいることに気付いた。

「……おはようございます」

「お、おはよう」

「どうして私の部屋に来ているんですか？」

「お前の部屋じゃないよ！　周り見てみろ！　何でお前こんなところで寝てるんだよ⁉」

「え⁉」

言われて見回すと、崩壊した家と冬枯れした木が立ち並んでいる。屋外だった。

「あ、苑珠って神様に攫われて、ここまでやって来たんですけど寝てました……」

「お前の神経図太くて怖い……まあ、無事でよかったけどさ」

「無事と言えば……椿木さんは火傷してませんか？」

あの炎が幻だとしても、結構熱かったのでは。見初が案じながら訊ねると、冬緒は嘆息した。

「ちょっとだけな。だから本当は俺はホテルに残るつもりだったんだけど、お前が無茶してないか心配だったんだよ。そしたら、普通にぐーすか寝てたからびっくりした……」

どう反応したらいいか分からない。冬緒はそんな顔をしていた。目の下には青黒い隈が出来ていて、少し窶れている。

冬緒は心配してくれていたのに、普通に疲れたので寝てしまっていた。苑珠は決して自分に危害を加えないと確信があったのだ。

罪悪感を覚えていると、ペンダントを握っていた右手が急に熱くなった。

「あっついな⁉」

慌てて手を開くと、石が強烈な熱を放っている。思わず放り投げた途端、石に大きなヒビが入り、地面に落ちるより先に砕け散った。

「ぎゃーっ⁉　つ、椿木さん！　石が！　私が投げちゃったからですか⁉」

「多分違う。苑珠の感情に呼応して砕けたんだ……」

破片を見下ろしながら冬緒がどこかへ視線を向ける。

「まずいな。今、澄坂様が苑珠から力を奪っていた最中だったのに……！」

「えっ、そ、そんな時なのに力が戻っちゃったら澄坂様が危ないじゃないですか！」

砕けた石は灰色に染まっており、氷のように冷たくなっていた。

◆◆◆

苑珠の様子がおかしい。今日子がそう気づいたのは、苑珠の体が大きく震えた直後だった。

美しく見せかけるための術が解かれているのか、苑珠の全身が爛れ始めて、腐った臭いを周囲に放っている。今日子は手で口元を押さえた。

「まさか……石の封印が解けて……」

「紫鴎……紫鴎、紫鴎」

唇から赤黒い血を垂らして苑珠が何度も名前を呼び続ける。

「よくも紫鴎を……‼」

足の鎖が全て粉々に砕け、悪鬼のような姿をした苑珠が陣から抜け出した。腐り果てた手を強張った表情の今日子へと伸ばす。

その手が今日子に届く間際だった。苑珠の視界に淡い紫色が飛び込んで来た。

「苑珠……！」

紫鴎が叫んだと同時に、苑珠の手が彼の胸を突き刺していた。

傷口から噴き出した鮮やかな血が、苑珠の頬と髪に飛び散る。

愕然とする苑珠とは対照的に、紫鴎の口元は緩やかな弧を描いていた。

「よ、よかったよ、間に合って」

「……あんた、人間のために死んだんじゃないの」

「違う。俺は少しだけ……あとはほてるに泊まっていた妖怪だとか神様が力を分けてくれたんだ。皆、陰陽師たちが頼んだら協力してくれて……苑珠⁉」

苑珠がその場に座り込み、紫鴎に刺さっていた手も抜け落ちる。体の腐敗が進み、着物から覗く手足は骨だけとなりつつあった。

紫鴎も何が起こっているのか悟ったのか、言葉を失っている。

その様子を見た今日子が目を伏せた。

「体が持たなかったのでしょうね。長い間封印されているうちに、苑珠の体は弱っていたのだと思います。その状態で完全な力を取り戻してしまったから……」

「……悔しいわね。村人どころかあんたすら殺せなかった。どうせ長くは持たないって分かっていたから、絶対に殺そうと、思ったのに……」

苑珠は自嘲を浮かべ、紫鴎の傷を見た。彼の体も次第に薄れ始めている。

「どうして……あの女を庇ったりしたの。あんたまで消えるわよ……」

「だって人間を一人でも殺したら、本当に悪い神様になって神社に祀ってもらえなくなるだろ」

「そんなの、もうとっくの昔になってたわ」

「一人も殺してないんだから、なっていないよ」

紫鴎は両腕を震わせながら、苑珠の体を抱き寄せた。二人の血が混ざり合い、地面を濡らす。

「苑珠さん！　紫鴎さん……！」

駆け付けた見初が二人の名前を呼び、駆け寄ろうとする。だが、それを冬緒が首を横に振って止める。

二人とも間に合わない。彼の痛みに呻くような表情がそう訴えていた。

「紫鴎……」

苑珠の手が紫鴎の目を隠す包帯に触れると、はらりと解けた。

その下から露わとなったのは、薄青の双眸だった。

まるで晴れ渡った空のような色に、苑珠は頬を緩める。

「何よ、その目治ってたんじゃない……」

「え……あ、本当だ。苑珠のことがよく見える」

間抜けそうに言う紫鴎に、苑珠は声を震わせながら問いかけた。

「……どう？　気持ち悪いでしょ」

次第に弱々しくなっていく声で言葉を紡ぎ合う。目映い朝日が照らす化物の姿に、紫鴎は白い歯を見せて笑った。

「そうだな。最初見た時よりも酷いなりだ」

「でも、俺が救いたいと思った苑珠の姿だ」

その言葉を最後に、言葉が止んだ。

小鳥の囀りさえ聞こえない静寂の中へ紫鴎と苑珠が消えていく。

その間際、見初が見たものは固く握り合った二人の手だった。

◆◆◆

「……酷い有様だな」

　廃村になっているとはいえ、よくぞここまで。建ち並んでいたはずの民家は苑珠の手によって崩壊しており、村は残骸だらけになっていた。修復なんてとても出来ない状態だった。

　その惨状を見て見初は愕然としていた。こんなことになっていたのに、全然気付かずに寝ていた自分はすごいのか、鈍いのか。

　苦笑しながらずっと借りていた青色の羽織を脱ぐ。

　それで包み込んだのは、木で作られた小さな女性の像と空色の石だった。苑珠と紫鴎が居た場所にそれぞれ落ちていたものだ。

　地面には二人が流した血など一滴も残っておらず、彼女の御神体と紫鴎の魂の欠片(かけら)だけがあった。

「でも妖怪って消える時、こんな宝石みたいなものを遺すんですか……？」

「……きっと苑珠が最後の力を振り絞って、紫鴎さんの魂を形にしたのだと思います」

　見初の疑問に答えた今日子は、穏やかな表情をしていた。

「そして、御神体も無事な状態です。紫鴎さんが彼女の苦しみを幾分か肩代わりしたからかもしれません」

「お互いがお互いを助けたんですね……」

「澄坂様、苑珠は長い年月をかければまた失った力を取り戻すかもしれません。それでも構いませんか？」

冬緒からの問いに、今日子はどこか吹っ切れたように笑った。

「結局、私は何も出来ませんでした。けれど、苑珠の心を少しは救えたかもしれません。これで……祖父や祖父に助けを求めた村人たちも安心してくれたかも」

「村人たちも？」

冬緒が目を丸くした。

「はい。苑珠を祓わないでくれと祖父に願ったのは、彼女を守り神とすることに反対していた村人たちだったんです。祖父も彼らから話を聞き、苑珠を憐れんで祓うことをやめたのです」

「苑珠さんを助けたいと思った人たちはちゃんといたんですね……」

彼らの声が苑珠に届いていたのなら、もう少し運命は変わったかもしれない。

「封印された後も、暫く（しばら）は彼女のために供物を捧げていました。けれど、若者が出ていき、村の過疎化が続いて最後には誰もいなくなったんです」

村が村でなくなり、いつ終わるかも分からない絶望と孤独に苑珠はひたすら耐えた。

今日子の祖父や村人に復讐するその瞬間を夢見て。

「……これ、神社の境内に置いてきますか」

羽織を見下ろしながら見初は言った。苑珠が人の形を得る程まで復活すれば、紫鴎の魂と肉体も作り出せるかもしれないらしい。

それが何十年、何百年先になるかは分からないが。遠い未来で待っているであろう二人の再会を想像していた時だった。

誰かが見初の耳元に唇を寄せた。

――あんたに一つお願いがあるの。それを……。

「やっぱりここの祠にしましょう！」

「時町？」

「時町さん？」

「ほら、苑珠さんがずっと封印されてた場所です」

見初がそう言うと、冬緒と今日子は何とも言えない表情を浮かべた。

「神社に行くのが大変だからこっちにしようとか、そういうことじゃないだろうな……」

「家がこれだけ壊れているんです。祠もきっと……」

「で、でも、ほら残ってるかもしれないじゃないですか！　探してみましょう！」

あの声が言っていたのだ。神社ではなく、この村にある祠に置いて欲しいと。見初ならその願いを叶えてくれるだろうと信頼してくれたのだ。その思いに応えたい。

「あ、あった……！」

祠らしきものを見付けたのは数十分後だった。村の外れにぽつんと置かれた小さな建造物に近付くと、地面を大きく抉った跡があった。

壊そうとして、けれど壊せなかったのだろう。

表面はお札だらけで、施錠がされていた跡もある。更に誰の手入れも受けてこなかったせいで劣化が進んでいた。

本当にいいの？　と躊躇ってしまう程に古びていた。

しかし、声の主はここがいいと望んだ。本来祀られていた地ではなく、『彼』と出会ったこの祠を二人だけの居場所にすると決めた。

だったら、見初もそれに従うだけだ。

「おやすみなさい。苑珠さん、紫鴎さん」

彼らの命そのものを包んだ羽織を祠に入れる。

いつか再会した時、二人はどんな言葉を交わし合うのだろう。見初は優しく微笑みながら、祠の戸をそっと閉じた。

エピローグ

「か、体が痛い……!!」

薪の上で一晩寝ていたのが祟ったのか、体の節々を鈍痛が襲った。腰痛を患わなかっただけマシと思うべきだろう。もし腰がやられていたら仕事にも支障が出る。

「ぷぅ？」

「ううん、心配しなくても大丈夫だよ白玉」

「ぷぅ！」

見初のバッグの中で白玉は元気に鳴いた。苑珠に連れて来られた村からホテル櫻葉に戻った見初は、ゆっくり休んで欲しいと永遠子に言われて、休暇を取ることになった。

けれど、自室でじっとしていられず、こうして町を歩いていた。

見初が一晩いなかったせいか、白玉はいつもより甘えん坊になって自分も一緒に行く！と言うように見初のバッグに入り込んだ。

それか、見初の心の揺らぎを察しているのかもしれない。

「ありがとう、一緒に来てくれて」

誰も見ていないことを確認してから頭を撫でると、白玉は目を細めて喜んだ。その幸せそうな姿に、ささくれ立っていた心が静かになる。そして、安堵した。

「白玉、何か嫌な感じになってない……よね？」

「ぷぅ？」

　白玉は質問の意図が分からず、不思議そうに首を傾げていた。その反応に見初は曖昧な笑みを浮かべた。

　ただ触れただけでは触覚の能力は発現しない。やはり意図的に使うか、自分に危機が及んだ時だけなのだろう。

　そこは以前と変わらない。だが、触れただけで人間ではないものを痛めつけるような、恐ろしい能力ではなかったはずだ。

　砕雪（くだけゆき）を雪山に閉じ込めようとした雪神も、見初からペンダントを奪おうとした苑珠も、見初の意思とは関係なく苦しみ消滅しかけた。

　やはり、ひととせ様、もしくは緋菊（あかぎく）に相談すべきだろう。もし、また力が暴走してしまったら……。

「ぷぅぅ！　ぷぅぅぅ！」

「白玉？　どうし……あっ！」

　灰色の空から降って来た雨粒が見初の目に着地した。その直後、耳をつんざくような音を立てて雨が降り始めた。

「今日晴れだったんじゃ……白玉バッグの奥に入って！」

「ぷ、ぷぅ！」

自分はともかく白玉までずぶ濡れになるのは可哀想すぎる。何とか濡れないように白玉をバッグの底に潜り込ませる。

そのついでに折りたたみ傘を取り出していると、前方にいる誰かがじっとこちらを見ていた。

子供の姿をした、人間ではない存在。雨の音を聞きながら見初は目の前にいる『彼』に瞠目した。

櫻葉家に強い恨みを抱いていた妖怪。椿木の本家を襲ってからは行方を晦ませたと聞いていたが……。

突然降り出した雨に人々が慌てて走り出す中、見初と『彼』だけが互いを見詰め合っている。

「あなた……碧羅？」

自らの名を呼ばれても碧羅は口を開こうとしなかった。

ただ、憐憫と悲哀を宿した眼差しを目の前にいる人間へと向けていた。

番外編　召喚

『雷訪(らいほう)、こっくりさんで召喚事件』の対策は早急に練られた。これまで人間の客が降霊術の類いを行ったとしても失敗に終わっていたのが、成功してしまったためである。

「こっくりさんをやったお客様たちの中に、たまたま陰陽師の家系と遠縁の子がいたの。本人はそのことを知らずにいるんだけど、本人もそれなりに霊力が強かったみたいなの」

「あー……だから成功しちゃったんですねぇ……」

見初(みそめ)と永遠子(とわこ)は遠い目をした。

通常、こっくりさんを始めとする降霊術では低級の動物霊を呼び寄せることが出来るらしいのだが、このホテル櫻葉(さくらば)ではそのような現象が起こる確率は意外と低い。

力の弱い動物霊の多くは自我が存在せず、けれど本能からか陰陽師やその関係者が集うホテル櫻葉を避けるのだという。

テレビや漫画ではすごい霊を呼び出しているけど……という見初の疑問は、冬緒(ふゆお)の「素人が危険な霊を簡単に呼び出せる世の中だったら、陰陽師が足りなくなる」という発言で解決した。

だが、狐といえども妖怪である雷訪がこっくりさんに引き寄せられるという事案が発生したので、楽観視出来なくなった。一度起きたのだから、二度目もあり得る。

また雷訪がパスタになって消える。怯える雷訪と「何か楽しそう」と呑気にしている風来のため、急遽柳村が開発したのが一枚の札だった。

「大丈夫ですか、これ」

見初の第一声はそれだった。

札の表面は限りなく黒に近く、禍々しい雰囲気を醸し出している。どう考えても相手を呪殺する時に使いそうな見た目をしている。

文字が書かれているようだが、このままでは読めないので照明に翳して見ると、微かに「魔王」なる単語が確認出来た。

「大丈夫ですか、これ⁉」

見初の第二声もそれだった。

「柳村さん曰く、これは人間ではないモノを呼び寄せない効果があるんですって。実験してみて、成功しているようなら客室の……そうねぇ、ベッドの裏にでも貼るのがいいかもしれないわね」

「色々作れちゃうんですね……って、ん？　実験」

「見初ちゃんに私の部屋に来てもらったのは、一緒にこっくりさんをしてもらうからなの。はい、ちゃんと準備してあるわよ」

永遠子がテーブルの上にこっくりさんグッズを次々と並べていく。

ひらがなとYESとNO、それから鳥居が描かれた紙。十円玉。油揚げ。天かす。

雷訪と風来を実験に巻き込む気満々だった。まあ、彼らの平穏を守るための実験なので、致し方ないのだが。

「と……永遠子さん、何か緊張するんでテレビ点けていいですか?」

「いいわよ。私もちょっとドキドキしてるの」

まさか、こっくりさんを行う日が来ようとは。

テレビを点けると、馬に乗った戦国武将が惨殺されるという、ショッキングな映像が映った。歴史もののドラマがやっていた。しかも、結構描写がおどろおどろしい。

「それじゃあ、始めましょうか」

鳥居のマークに載せた十円玉を二人の人差し指で押さえる。

「多分、私と見初ちゃんでやったら普通に成功するわ。けど、何も起きなかったら、札の効果が出てると思う」

つまり、成功すればここにうちの狸か狐が現れる可能性が高いというわけだ。全ては柳村の手腕にかかっている。

「「こっくりさん、こっくりさん、おいでください」」

すす……っと十円玉が動いて、YESの文字の上で止まった。

見初と永遠子は顔を見合わせた。見初が動かしたわけではない。永遠子もそんなことをするはずがない。

札……と紙の横に置いていた黒い物体に視線を向けつつ、見初は「どうします？」と訊ねた。

「……とりあえず続けてみましょう。中途半端に終わらせると、風来ちゃんと雷訪ちゃんに何か影響があるかもしれないし」

「はぁ」

確かに明日会った時、パスタ状態になっていたら困る。だったらここで最後まで続けて、一思いに呼び出したほうがいい。

永遠子は十円玉を見詰めながら、「あなたはこっくりさんですか」と訊ねた。

NOの文字にゆっくりと移った。

暖房をフル稼働させているはずの室内が妙に寒く感じる。

「違うのを呼んじゃいましたかね……」

「そうねぇ」

見初も永遠子も冷静だった。むしろ、うちの獣たちじゃなくてよかったと安心したくらいだった。

「では、あなたのお名前を教えてください」

永遠子が質問をすると、十円玉は静かに動き出した。

「ほ」、「と」、「と」、「ぎ」、「す」の文字を通過していく。

見初は脳裏にその姿を思い浮かべようとしたが無理だった。雀か鳩しか出て来ない。

不如帰(ほととぎす)。誰もが一度は聞いたことがあるであろう名だが、実物がどんなものかは知らなかった。鳴く鳥という以外情報がない。

しかも、どんな風に鳴くかは不明である。

見初が真剣に悩んでいる間にも、十円玉はすいすいと滑らかに紙の上を走り続けていた。

「な」、「か」、「な」、「い」。

「え……『不如帰鳴かない』……？」

「ここには不如帰はいません」

永遠子は冷静にツッコミを入れた。やけに手慣れているところを見ると、こっくりさん経験者なのかもしれない。始める前にドキドキすると言っていたのは誰だったのか。

十円玉はそこで動きを止めていたが、やがてゆっくりと動き出した。

「こ」、「ろ」、「し」、「て」、「し」、「ま」……。

物騒なワードが完成する間際のことだった。

『謀反(むほん)じゃぁぁぁ‼』

テレビから大ボリュームで聞こえた野太い叫び。歴史ドラマはクライマックスを迎えているようで、大勢の兵士が寺を襲撃していた。迫真のナレーションが手に汗握る展開に拍車をかけている。

十円玉が突如素早い動きを見せたのはその直後だった。

今までの安全運転はどこにいったのか。ケージから脱走したハムスターが如き俊敏さで「か」に向かった。それから「え」、「る」の文字を通り、最後に鳥居に逃げ込むように止まる。

そして、十円玉は動かなくなった。

二、三分待ってみたが、変化が訪れないので本当に帰宅した模様である。その間、見初と永遠子はテレビを観ていた。

本能寺(ほんのうじ)の変、完とテロップが表示されていた。

◆◆◆

翌日、柳村が「間違ってとある御方の霊を召喚する札を渡してしまいました」と、代わりの札を持って永遠子の部屋を訪れたらしい。

その札をどのような目的で作ったのか気になったが、永遠子は何も聞かずに『霊気霧散』と書かれた札を受け取ったという。

いかにも霊的なものをシャットアウトしそうなその札を側に置き、約二十回こっくりさんを試したが、特に怪奇現象は起こらなかった。

そして、見初はネットで不如帰を検索してみた。結構鳴くらしい。

◆この作品はフィクションです。
実在の人物、団体などには一切関係ありません。

双葉文庫

か-51-10

出雲（いずも）のあやかしホテルに就職（しゅうしょく）します⑩

2021年6月13日　第1刷発行

【著者】
硝子町玻璃（がらすまちはり）

【発行者】
島野浩二
【発行所】
株式会社双葉社
〒162-8540 東京都新宿区東五軒町3番28号
［電話］03-5261-4818（営業）　03-5261-4851（編集）
www.futabasha.co.jp（双葉社の書籍・コミックが買えます）
【印刷所】
中央精版印刷株式会社
【製本所】
中央精版印刷株式会社

【フォーマット・デザイン】
日下潤一

ISBN978-4-575-52480-2 C0193
Printed in Japan

FUTABA BUNKO
太秦荘ダイアリー
uzumasa-so diary
望月麻衣
Mai Mochizuki
「懐かしい三羽の小鳥たちへ。約束の時が来ました」——ある日、京都市内の別々の高校に通う太秦萌、小野ミサ、松賀咲の3人の元に、一通のハガキが届いた。お互いに見ず知らずのはずの3人だが、何かに導かれるように清水寺で出会う。徐々に過去の記憶が呼び起こされていき、やがて10年前に太秦荘で起きた〝事故〟の秘密に迫っていく——京都を舞台にしたキャラクターミステリー、新シリーズ！
発行・株式会社　双葉社

FUTABA BUNKO

時給三〇〇円の死神

The wage of Angel of Death is 300yen per hour.

藤まる

「それじゃあキミを死神として採用するね」ある日、高校生の佐倉真司は同級生の花森雪希から「死神」のアルバイトに誘われる。曰く「死神」の仕事とは、成仏できずにこの世に残る「死者」の未練を晴らし、あの世へと見送ることらしい。あまりに現実離れした話に、不審を抱く佐倉。しかし、「半年間勤め上げれば、どんな願いも叶えてもらえる」という話などを聞き、疑いながらも死神のアルバイトを始めることとなり――。死者たちが抱える切なすぎる未練、願いに涙が止まらない、感動の物語。

発行・株式会社　双葉社

双葉文庫